HARRIS COUNTY PUBLIC LIBRARY

WITHDRAWN
PRINT

Cathy Williams
La verdad de sus caricias

HARLEQUIN™

Editado por HARLEQUIN IBÉRICA, S.A.
Núñez de Balboa, 56
28001 Madrid

I.S.B.N.: 978-84-687-2413-3
Depósito legal: M-42111-2012
Editor responsable: Luis Pugni
Fotomecánica: M.T. Color & Diseño, S.L. Las Rozas (Madrid)
Impresión en Black print CPI (Barcelona)
Fecha impresion para Argentina: 9.9.13
Distribuidor exclusivo para España: LOGISTA
Distribuidor para México: CODIPLYRSA
Distribuidores para Argentina: interior, BERTRAN, S.A.C. Vélez
Sársfield, 1950. Cap. Fed./ Buenos Aires y Gran Buenos Aires,
VACCARO SÁNCHEZ y Cía, S.A.

Capítulo 1

CAROLINE se abanicó con la guía que agarraba como un talismán desde que había desembarcado en el aeropuerto de Malpensa, en Milán, y miró a su alrededor. En algún lugar, entre los edificios históricos y las elegantes plazas, estaba lo que buscaba. Sabía que debería dirigirse allí sin ceder a la tentación de tomarse una bebida fría y un dulce, pero tenía calor y estaba cansada y hambrienta.

–No tardarás nada –le había dicho Alberto–. Es un vuelo corto, un trayecto en taxi y un corto paseo hasta hallar las oficinas. Pero ¡qué vista tendrás! ¡Espectacular! Hace muchos años que no voy a Milán, pero aún recuerdo el esplendor de la Galería Vittorio.

Caroline lo había mirado con escepticismo y el anciano se había sonrojado, porque aquel viaje no era un paseo turístico. De hecho, tenía que estar de vuelta dos días después.

Debía localizar a Giancarlo de Vito y conseguir que volviera con ella al lago Como.

–Iría yo, querida –había murmurado Alberto–, pero me lo impide mi estado de salud. El médico me ha dicho que descanse todo lo que pueda a causa de mi corazón.

Caroline se volvió a preguntar cómo se había dejado convencer para cumplir aquella misión. La verdad era que el éxito o el fracaso de aquel viaje no era asunto suyo. Ella solo era el mensajero. Le concernía a Alberto; ella era únicamente su ayudante, encargada de realizar una extraña tarea.

Consultó el mapa y echó a andar hacia la calle que había marcado en naranja.

No iba adecuadamente vestida. En el lago hacía más fresco. En Milán, los pantalones se le pegaban a las piernas. Y deseaba haberse puesto una prenda sin mangas en vez de la blusa que llevaba. Y debería haberse recogido el cabello.

Incómoda como se hallaba por el calor y por lo que la esperaba, apenas se fijó en la hermosa catedral al pasar apresuradamente a su lado mientras arrastraba la maleta.

Otra persona de temperamento menos alegre hubiera estado tentada de maldecir a su anciano jefe por haberle encomendado una tarea que sobrepasaba con mucho sus deberes. Pero Caroline era optimista y creía que podría conseguir lo que se esperaba de ella. Tenía una enorme fe en al naturaleza humana. Alberto, por el contrario era el colmo del pesimismo.

Al llegar a su destino observó la antigua fachada de piedra de un edificio de tres plantas, adornada con preciosas esculturas.

Pensó que Giancarlo no podía ser una persona muy difícil si trabajaba en un sitio tan hermoso.

–No puedo decirte nada sobre Giancarlo –le había dicho Alberto cuando ella lo había presionado para que le diera detalles de lo que la esperaba–. Hace muchos años que no lo veo. Podría enseñarte fotos, pero son muy antiguas. Habrá cambiado en todos estos años. Si tuviera un ordenador... Pero un anciano como yo, ¿cómo va a aprender a manejarlo?

–Puedo subir a por mi portátil –le había propuesto ella, pero él lo había rechazado.

–No, no me gustan esos cacharros. Para mí, la tecnología se acaba en la televisión y el teléfono.

Caroline coincidía con él. Utilizaba el ordenador solo para mandar y recibir correos electrónicos.

Así que carecía de detalles sobre Giancarlo, aunque imaginaba que era rico porque Alberto le había dicho que había llegado a ser alguien. Sus sospechas cristalizaron cuando entró en el portal ultramoderno de las oficinas. Si la fachada parecía salida de una guía de edificios medievales, el interior pertenecía al siglo XXI.

No la esperaban, por supuesto. El efecto sorpresa era fundamental, según Alberto, porque, si no, se negaría a recibirla.

Tardó más de media hora en convencer a la elegante recepcionista, que hablaba muy deprisa para que Caroline pudiera seguirla, de que no la echara.

–¿A qué ha venido? ¿La esperan?

–No exactamente.

–¿Se da cuenta de que el señor De Vito es un hombre muy importante?

Caroline, en un titubeante italiano, le presentó varios documentos que la recepcionista estudió en silencio. Las cosas comenzaron a moverse.

Pero tuvo que seguir esperando.

Tres pisos más arriba, Giancarlo, que se hallaba reunido, fue interrumpido por su secretaria, que le susurró algo al oído. Él se quedó inmóvil y cerró los ojos, oscuros y fríos.

–¿Estás segura? –le preguntó. Elena Carli rara vez se equivocaba, por eso llevaba cinco años y medio trabajando para él. Cuando ella asintió, Giancarlo se disculpó y dio la reunión por terminada. Después se dirigió a la ventana.

Así que el pasado, que pensaba haber dejado atrás, volvía. El sentido común le indicaba que rechazara esa intrusión en su vida. Sin embargo, le picaba la curiosidad. En su mundo de riqueza inimaginable y enorme poder, la curiosidad no surgía muy a menudo.

Giancarlo de Vito había conseguido llegar adonde se hallaba gracias a su feroz determinación y a su despiadada ambición. No había podido elegir. Alguien tenía que mantener a su madre y, tras una serie de amantes, el único que había quedado para hacerlo había sido él.

Después de acabar la carrera entró en el mundo de las altas finanzas con tanta habilidad que pronto se le abrieron varias puertas. Al cabo de tres años, ya pudo elegir para quién trabajar. Al cabo de cinco, ya no necesitó trabajar para nadie, sino que otros trabajaban para él. En aquel momento, con poco más de treinta años, era multimillonario, superaba a sus competidores en cada nueva fusión o adquisición y estaba a punto de conseguir una reputación que lo haría intocable.

Su madre había muerto seis años antes en el asiento del copiloto del coche de su joven amante. Como hijo único, debería haberla llorado más, pero su madre había sido una mujer difícil, a quien le gustaba gastar dinero y que resultaba difícil de complacer. A él le desagradaba que pasara de un amante a otro, pero nunca la había criticado.

Giancarlo dejó de recordar con un gesto de impaciencia. Con los pensamientos de nuevo en orden, pidió que hicieran subir a la mujer que lo esperaba.

—Puede subir —la recepcionista hizo una señal a Caroline, que, si por ella hubiera sido, habría seguido sentada en el vestíbulo, con el aire acondicionado, después de las horas de calor sofocante que había pasado—. La señora Carli la esperará cuando salga del ascensor y la conducirá al despacho del señor De Vito.

Caroline se puso un poco nerviosa ante lo que la esperaba. No quería volver con las manos vacías. Alberto no se encontraba bien de salud y el médico le había recomendado mucha tranquilidad.

Caroline siguió a la secretaria, y atravesaron oficinas llenas de ejecutivos que trabajaban y que apenas alzaron la vista cuando pasaron.

Todos iban muy bien vestidos. Las mujeres eran guapas y delgadas, con el pelo recogido y caros trajes de chaqueta.

En comparación, Caroline se sintió gorda, baja y poco arreglada. Nunca había sido muy delgada, ni siquiera de niña. Cuando inspiraba frente al espejo mirándose de lado, casi se convencía de que tenía curvas y era voluptuosa, ilusión que desaparecía cuando se observaba detenidamente. Tampoco tenía el cabello dócil. Nunca lo llevaba como quería. Solo conseguía domarlo un poco cuando estaba mojado. En aquel momento, el calor había hecho que se le rizara aún más, y los mechones se le escapaban de la coleta que se había hecho de cualquier manera.

Elena abrió la puerta de un despacho tan bonito que, durante unos segundos, Caroline no se fijó en el hombre que, junto a la ventana, se volvía lentamente para mirarla.

Lo único que vio fue la antigua y enorme alfombra persa que cubría el suelo de mármol; el papel pintado de seda de las paredes; la librería que ocupaba toda una pared; los cuadros antiguos en las paredes, cuadros no de formas y líneas absurdas e indescifrables, sino de hermosos paisajes.

–¡Vaya! –exclamó impresionada mientras seguía mirando a su alrededor de forma descarada.

Al final, su mirada se posó en el hombre que la observaba, y sintió un mareo al contemplar la imposible belleza de su rostro. El pelo negro, ligeramente largo y peinado hacia atrás, enmarcaba un rostro de sorprendente perfección, de rasgos clásicos y sensuales. Tenía los ojos oscuros e impenetrables. Unos pantalones caros, hechos a medida, le cubrían las largas piernas. Se había arremangado la camisa hasta los codos; tenía los brazos fuertes y bronceados.

Caroline se dio cuenta de que estaba ante el hombre más espectacular que había visto en su vida. Tardó algo más en percatarse de que lo miraba con la boca abierta. Carraspeó mientras trataba de recuperar el control.

El silencio se prolongó hasta que él se presentó

y la invitó a sentarse. Su voz correspondía a su aspecto. Era profunda y aterciopelada, y muy fría.

Caroline comenzó a pensar que no parecía un hombre al que se le pudiera convencer de hacer algo que no deseara.

—Así pues... –Giancarlo se sentó y la miró–. ¿Cómo se le ha ocurrido que puede presentarse sin más ni más en mi despacho, señorita...?

—Rossi, Caroline Rossi.

—Estaba en una reunión.

—Lo siento mucho, no quería interrumpirlo. Habría esperado gustosamente hasta que hubiera acabado –sonrió levemente–. De hecho, se está muy fresco en el vestíbulo y me ha venido bien descansar un poco. Llevaba horas caminando y fuera hace un calor sofocante –al ver que él seguía en silencio, se pasó la lengua por los labios, nerviosa.

Él siguió callado.

—A propósito, este edificio es fantástico.

—Vamos a dejarnos de cumplidos, señorita Rossi. ¿Qué hace aquí?

—Me envía su padre.

—Ya lo sé, y por eso está sentada en mi despacho. Lo que le pregunto es por qué. Llevo más de quince años sin tener ninguna relación con mi padre, por lo que me gustaría saber por qué ha enviado de pronto a un esbirro para ponerse en contacto conmigo.

Caroline se sintió invadida por una ira inusual mientras trataba de relacionar a aquel frío desconocido con el anciano por el que sentía un gran afecto. Pero enfadarse no iba a llevarla a ningún sitio.

—¿Y quién es usted? Mi padre no es ningún jovenzuelo. No me diga que ha encontrado una esposa joven para que lo cuide en la vejez –se recostó en la silla y juntó la punta de los dedos–. No muy bonita, desde luego –murmuró mientras la examinaba con insolencia–. Una esposa joven y hermosa no es una buena idea para un anciano, ni siquiera para un anciano rico.

–¿Cómo se atreve?

Giancarlo se echó a reír con frialdad.

–Se presenta aquí sin avisar, con un mensaje de un padre al que hace años borré de mi vida. Sinceramente, tengo todo el derecho del mundo a decir lo que me plazca.

–No estoy casada con su padre.

–Pues la alternativa es incluso más desagradable, y totalmente estúpida. ¿Cómo se ha liado con alguien que le triplica la edad, a no ser que sea por dinero? No me diga que el sexo con él es estupendo.

–¡Es increíble que diga eso! –Caroline se preguntó cómo había podido quedarse boquiabierta por su aspecto cuando era evidente que se trataba de un tipo despreciable–. Mi relación con su padre solo es profesional.

–¿En serio? ¿Y qué hace una joven como usted en una vieja casona junto a un lago, en compañía de un anciano?

Caroline lo fulminó con la mirada. Aún le dolía la forma en la que la había examinado y la había calificado de «no muy bonita». Sabía que no era guapa, pero oírselo decir a un desconocido le había resultado grosero, sobre todo cuando era tan atractivo como el hombre sentado frente a ella.

Tuvo que apretar los dientes para resistir la tentación de agarrar la maleta y salir corriendo.

–¿Y bien? Soy todo oídos.

–No hace falta que sea tan desagradable conmigo. Siento haberle estropeado la reunión, pero no estoy aquí por voluntad propia.

Giancarlo creyó haber oído mal. Nadie se atrevía a acusarlo de ser desagradable. Por descontado que lo pensarían, pero le resultaba chocante oírlo decir, sobre todo tratándose de una mujer. Estaba acostumbrado a que las mujeres se desvivieran por complacerlo.

La examinó detenidamente. No era, ciertamente, una de esas bellezas anémicas que elogiaban las revistas. Y aunque tratara de no demostrarlo, era evidente que el último sitio donde deseaba estar era en su despacho y sometida a un interrogatorio.

Una lástima.

–Supongo que mi padre la ha manipulado para hacer lo que él desee. ¿Es su ama de llaves? ¿Por qué contrataría a un ama de llaves inglesa?

–Soy su secretaria –reconoció Caroline de mala gana–. Conoce a mi padre. El suyo estuvo un año destinado en Inglaterra como profesor universitario; mi padre fue uno de sus alumnos. El suyo fue su mentor y mantuvieron el contacto cuando regresó a Italia. Mi padre es italiano –señaló ella–. No fui a la universidad, pero mis padres pensaron que estaría bien que aprendiera italiano, ya que era la lengua materna de mi padre. Este le preguntó a Alberto si podía ayudarme a encontrar un empleo en Italia para unos meses. Así que estoy ayudando a su padre con sus memorias y también me encargo de la administración de sus asuntos. ¿No quiere saber cómo está? Hace mucho que no se ven.

–Si hubiera querido verlo, ¿no cree que me habría puesto en contacto con él?

–Sí, pero a veces el orgullo nos impide hacer lo que deseamos.

–Si pretende jugar a los psicólogos, ahí tiene la puerta.

–No estoy jugando a los psicólogos –insistió ella–. Solo me parece que... Bueno, sé que cuando sus padres se divorciaron, la situación para usted no debió de ser muy agradable. Alberto no habla mucho de ello, pero sé que cuando su madre se marchó llevándoselo con ella, usted solo tenía doce años.

–¡Es increíble lo que oigo! –celoso de su intimidad, Giancarlo, se negaba a creer que alguien le estuviera hablando de un pasado que había guardado en un armario para después tirar la llave.

–¿Cómo, si no, voy a enfrentarme a esta situación? –preguntó Caroline, desconcertada.

–¡No suelo hablar de mi pasado!

–Pues no es culpa mía. ¿No le parece que es saludable hablar de lo que nos preocupa? ¿Nunca piensa en su padre?

Sonó el teléfono y él le dijo a la secretaria que no le pasara las llamadas. De pronto, lleno de una energía que no parecía poder controlar, se levantó y se dirigió a mirar por la ventana. Después se volvió hacia ella.

Parecía una mosquita muerta: muy joven e inocente. Y parecía que lo compadecía, lo cual lo irritó sobremanera.

–Ha sufrido un infarto –le comunicó ella bruscamente mientras se le llenaban los ojos de lágrimas. Había tenido que llevarlo al hospital y se había enfrentado sola a aquella horrible situación–. Un infarto muy grave. Ha estado al borde de la muerte –abrió el bolso para sacar un pañuelo de papel, pero él le ofreció uno de tela, de inmaculada blancura.

–Perdone –susurró ella–, pero no sé cómo puede quedarse ahí de pie, como una estatua, sin sentir nada.

Lo miró con sus grandes ojos castaños de forma acusadora y Giancarlo se sonrojó, lo cual le molestó porque no tenía motivo alguno para sentirse culpable. No tenía relación con su padre. De hecho, los recuerdos de su vida en la casona junto al lago eran de peleas constantes entre padre e hijo.

Alberto se había casado con Adriana, su joven y bella esposa, cuando estaba a punto de cumplir los cincuenta. Era veinticinco años mayor que ella.

El matrimonio se había prolongado contra todo pronóstico, pero había sido terriblemente difícil para su exigente esposa.

La madre de Giancarlo no se había reprimido a la hora de contarle todo lo que no funcionaba en la relación, en cuanto el niño fue lo suficientemente mayor para apreciar los detalles morbosos.

Alberto era egoísta, frío, mezquino, desdeñoso y probablemente, según su madre, hubiera tenido a otras mujeres si no careciera de las habilidades sociales necesarias para relacionarse con el sexo opuesto. Los había dejado, a ella y a su hijo, sin un céntimo, por lo que ¿era de extrañar que ella necesitara, de vez en cuando, un poco de alcohol y de otras sustancias para animarse?

Había tantas cosas que Giancarlo no podía perdonar a su padre...

Este se había mantenido al margen mientras su delicada madre, sin ningún tipo de preparación académica y con la única baza de su belleza, se había ido degradando de amante en amante en busca de alguno que la quisiera y se quedara con ella. Cuando murió era una sombra de sí misma.

–No tiene ni idea de cómo era mi vida ni de cómo era mi madre –dijo Giancarlo en un tono glacial–. Puede que mi padre se haya ablandado a causa de su mala salud. Pero no me interesa tender puentes. ¿Por eso la ha enviado, porque es un anciano y quiere que lo perdone antes de morir? –se echó a reír con desprecio–. Pues no voy a hacerlo.

Ella no había dejado de retorcer el pañuelo, y él se dijo que su padre no podía haber elegido un mensajero mejor. Era el vivo retrato de la incomprensión. Cualquiera hubiera dicho que trabajaba para un santo en lugar de para el hombre que había convertido la vida de su madre en un infierno.

Su ropa era un desastre desde el punto de vista de la moda. Llevaba una blusa y unos pantalones de un amarillo horrible que eran más adecuados para una mujer que le doblara la edad. El cabello, muy largo y rizado, se le escapaba de una especie de trenza. No llevaba maquillaje y, de pronto, él se dio cuenta de que tenía la piel suave como la seda y una boca asombrosa de labios bien definidos que, entreabiertos, dejaban ver sus dientes blancos como perlas mientras ella lo seguía mirando decepcionada e incrédula.

–Lamento que siga sintiendo tanta amargura con respecto al pasado –murmuró ella–. Pero a su padre le gustaría verdaderamente verlo. ¿Por qué es tarde para reparar el daño? Para su padre significaría mucho.

–¿Ha visto algo de nuestra hermosa ciudad?

–¿Qué? No, no. He venido directamente aquí. Mire, ¿hay algo que pueda decir o hacer para convencerlo de que vuelva conmigo?

–¿Está de broma? Aunque de repente sintiera el irresistible deseo de convertirme en el hijo pródigo, ¿cree que podría dejarlo todo, hacer la maleta y subirme al primer tren en dirección al lago Como? Puede que le sorprenda, pero tengo un imperio económico que dirigir.

–Sí, pero...

–Soy un hombre muy ocupado, señorita Rossi, y ya le he concedido mucho de mi valioso tiempo. Podría usted seguir tratando de convencerme de que soy un monstruo por no saltar de alegría porque mi padre haya decidido ponerse en contacto conmigo debido a su mala salud...

–Por su forma de hablar, parece que hubiera tenido una gripe benigna. Ha sufrido un grave infarto.

–Pues lo siento mucho –Giancarlo abrió los brazos en un gesto de compasión tan falso que ella tuvo que contenerse para no abofetearlo–. Como lo sentiría por cualquier desconocido en su situación. Pero va a tener que volverse con las manos vacías.

Derrotada, Caroline, se levantó y agarró la maleta.

–¿Dónde se aloja? –le preguntó con escrupulosa cortesía. ¡Por Dios! ¿Era posible que el viejo creyera que el modo en que había tratado a su esposa no tendría consecuencias? Era muy rico y, sin embargo, según Adriana, había contratado a los mejores abogados para conseguir que ella recibiera una pensión mínima para sus necesidades más básicas. A lo largo de los años, él se había preguntado si su madre habría buscado tan desesperadamente el amor de haber tenido dinero suficiente para llevar una buena vida.

Caroline se lo dijo, aunque sabía que le importaría un bledo dónde se alojara. Lo único que deseaba era que se fuera. Y ella había fracasado. El orgullo impediría que Alberto hiciera algo más que encogerse de hombros y comentar que al menos lo había intentado, pero ella sabía que se sentiría destrozado.

–Vaya al mercado en Rinascente. Las vistas son espectaculares. Y hay muy buenas tiendas.

–No me gusta ir de compras –ella se detuvo frente a la puerta y se volvió. Él se hallaba detrás, y la intimidó todavía más que cuando estaba sentado a su escritorio o de pie frente a la ventana.

El sol, a su espalda, realzaba los ángulos de su rostro y los hacía todavía más hermosos. Tenía unas increíbles pestañas, largas, oscuras y espesas.

Caroline sintió un nudo en el estómago y, de repente, fue consciente de sus senos, demasiado grandes para su altura, en los que comenzó a sentir un cosquilleo mientras él la miraba desde arriba. Quiso cerrarse el cuello de la blusa. Se sonrojó. ¿Cómo se había olvidado de que era un patito feo?

–Y no quiero seguir teniendo esta cortés conversación con usted –le espetó con voz ronca y desafiante.

–¿Cómo dice?

–Lamento que sus padres se divorciaran y que eso lo haya marcado tan profundamente, pero me parece terrible que no conceda a su padre otra oportunidad. ¿Cómo sabe lo que sucedió exactamente entre sus padres? Usted era un niño. Su padre está enfermo y usted prefiere seguir guardándole rencor a aprovechar el tiempo que le queda para estar con él. ¡Podría morir mañana!

Caroline no solía adoptar actitudes desafiantes, pero aquel hombre la sacaba de sus casillas.

–¿Y cómo me dice que, aunque quisiera verlo, no podría marcharse porque es usted muy importante?

–Le he dicho que tengo que ocuparme de mis asuntos económicos.

–¡Es lo mismo! –temblaba como una hoja, pero lo miró con determinación y ojos centelleantes–. Como no voy a volver a verlo –inspiró profundamente y se apartó el pelo de la cara– puedo serle sincera.

Giancarlo se apoyó en la puerta con los brazos cruzados y una expresión de curiosidad. Caroline tenía las mejillas encendidas y los ojos brillantes. Estaba furiosa, y él tuvo la impresión de que no era un estado habitual en ella. Aquello se estaba convirtiendo en una pesadilla.

–Supongo que nadie le habla con franqueza, ¿verdad? –miró a su alrededor. ¿Cómo iba a ser alguien sincero con un hombre tan rico y tan guapo? Poseía la arrogancia del que siempre consigue lo que desea.

–Me resulta útil que quien se ocupa de mis acciones bursátiles me diga lo que piensa. Aunque, a decir verdad, suelo saber más que él. Debería deshacerme de él, pero hace mucho que trabajamos juntos.

Le dedicó una sonrisa tan encantadora que ella casi se cae de espaldas. Eso no la distrajo del hecho de que él no quisiera ver a su padre, que se estaba muriendo; de que no quisiera enterrar el hacha de guerra, con independencia de las consecuencias.

–Me alegro de que crea que todo esto es una broma muy divertida –afirmó ella con voz tensa–. Me alegro de que se ría de ello, pero ¿sabe una cosa? Me da usted pena. Aunque crea que lo único que importa es todo... esto, la realidad es que carece de importancia frente a las relaciones personales y la familia. Creo que es un hombre arrogante y prepotente, y que comete un inmenso error.

Cuando se hubo desahogado, abrió la puerta de un tirón y se encontró con una sorprendida Elena, que la miró consternada antes de dirigir la vista hacia su jefe, el hombre que siempre controlaba sus emociones, pero que, en aquel momento, miraba a la mujer que se marchaba con incredulidad.

–Deja de mirarme –dijo él. Negó con la cabeza y después dedicó a su secretaria una sonrisa irónica–. A veces, todos perdemos la calma.

Capítulo 2

MILÁN era una hermosa ciudad. Había suficientes museos, basílicas e iglesias para entretener a los turistas. La Galleria Vittorio era una espléndida y elegante galería comercial, llena de tiendas y cafés. Caroline lo sabía porque, al día siguiente, el último antes de volver y reconocer su fracaso, había leído toda la información que tenía sobre una ciudad que probablemente no volvería a visitar. Su estancia en ella se había visto empañada por haber conocido a Giancarlo de Vito.

Cuanto más pensaba en él, más arrogante e insoportable le parecía. Alberto estaría esperando verla llegar con su hijo y cuando comprobara que no era así le pediría detalles. ¿Le sería sincera y le diría que su guapo hijo le había parecido detestable y autoritario? ¿Agradecería un padre, cualquier padre, semejante información?

Miró el vaso de limonada que se calentaba. Había estado dos horas paseando alrededor de la catedral y admirando las vidrieras, las estatuas de santos y las esculturas. Pero su mente estaba en otra parte. Y en aquel momento se hallaba en la terraza de un café lleno de turistas que se dedicaban a observar a la gente que pasaba.

Miró el reloj con impaciencia mientras se preguntaba qué haría el resto del día, por lo que no se percató de la sombra que se cernía sobre ella hasta que oyó la voz de Giancarlo, que se le había quedado grabada en el cerebro.

–Me ha mentido.

Caroline alzó la vista, protegiéndose los ojos del sol, al mismo tiempo que unos documentos aterrizaban en la mesa, frente a ella.

Se quedó tan sorprendida al verlo delante y tapando el sol como un ángel vengador que estuvo a punto de tirar el vaso.

–¿Qué hace aquí? ¿Cómo me ha encontrado? ¿Y qué papeles son estos?

–Tenemos que hablar, pero no me gusta este sitio.

Caroline sintió renacer la esperanza. Tal vez él hubiera reconsiderado su postura y estuviera dispuesto a olvidar el pasado.

–¡Por supuesto! –le sonrió, pero no obtuvo respuesta–. No me ha dicho cómo me ha encontrado. ¿Adónde vamos? ¿Tengo que llevarme todos estos papeles?

Era de suponer que sí, ya que él dio media vuelta y escudriñó la plaza. ¿Se daba cuenta de las miradas de interés que le lanzaban los turistas, sobre todo las mujeres? ¿O era inmune a semejante atención?

Caroline agarró los papeles y se levantó para seguirlo mientras él se alejaba del café.

Ese día se había puesto la única ropa que había

llevado consigo: un vestido de verano que le dejaba los hombros al aire. Y como era muy consciente del tamaño de sus senos, se había atado una chaqueta alrededor del cuello, lo cual no era muy práctico con aquel calor, pero sin ella se sentía muy expuesta.

Después de recorrer diversas calles, él se detuvo en un café alejado de los sitios turísticos, aunque, allí, la antigua arquitectura, la encantadora plaza con su pozo y las esculturas de algunas fachadas se merecían una foto.

Giancarlo le hizo un gesto para que entrara. En el interior se estaba fresco y no había mucha gente.

—Siéntese —le ordenó él en tono irritado.

¿Qué vería su padre en esa mujer? Apenas recordaba a Alberto, pero sí recordaba que no era un persona dócil. Si su madre había sido difícil, había encontrado la horma de su zapato en su esposo. ¿Qué cambios se habían producido a lo largo de los años para que su padre trabajara con una mujer tan anodina? Y, además, volvía a vestir como una mujer mucho mayor. Las inglesas no tenían ni idea de lo que era ir a la moda.

Se dedicó a observar su figura y se detuvo en los senos que se le marcaban bajo la fina tela del vestido y destacaban a pesar de la chaqueta que llevaba sobre los hombros.

—No me ha dicho cómo me ha encontrado —repitió ella mientras se sentaba frente a él.

Trató de desprenderse de la sensación de mareo que experimentaba cuando lo miraba. Su atractivo animal le resultaba inquietante, pero no podía pasarlo por alto.

–Como me dijo dónde se alojaba, esta mañana he ido allí y, en recepción, me han dicho que había ido a la catedral. Era cuestión de tiempo que se sentara en un café de los alrededores.

–Entonces, ¿lo ha pensado mejor?

–Mire los papeles.

Caroline les echó una ojeada.

–Lo siento, pero no sé lo que son y no se me dan muy bien los números –aunque se había recogido el cabello, seguían escapándosele algunos mechones, que se colocaba distraídamente detrás de las orejas.

–Después de haberla visto, decidí examinar las cuentas de la empresa de Alberto. Eso que ve ahí es lo que he hallado.

–No entiendo por qué me lo enseña. No sé nada de los asuntos económicos de Alberto. No me habla de ellos.

–Vamos a centrarnos en un par de cosas interesantes que he descubierto –se recostó en la silla mientras les servían unos refrescos con pastas–. Sírvase –indicó el plato con un gesto y perdió momentáneamente el hilo de lo que decía cuando ella puso varias pastas en el plato.

–¿Se las va a comer todas? –le preguntó, fascinado contra su voluntad.

–Sé que no debería, pero tengo hambre. No le importa ¿verdad? Me refiero a que no son de adorno.

–No, claro que no –la observó mientras se las comía y lamía las migajas que se le habían quedado en los dedos. Era una vista poco frecuente. Las mujeres esqueléticas con las que salía se hubieran horrorizado al pensar en comer algo que engordara tanto como una pasta.

Ella le sonrió. Tenía una trocito de pasta en la comisura de los labios y él sintió el deseo repentino de quitárselo, pero, en lugar de ello, le señaló la boca con la mano.

–Siempre hago grandes planes para ponerme a dieta –ella se sonrojó–. Me he puesto un par de veces, pero las dietas son mortales. ¿Usted ha hecho alguna vez? Seguro que no. Las ensaladas están buenas y son sanas, pero no resultan interesantes. Supongo que, simplemente, me encanta comer.

–Es poco habitual en una mujer. La mayoría de las que conozco intentan por todos los medios no comer.

Claro que él era de esos hombres que solo se relacionaban con mujeres con tipo de modelo, pensó Caroline. Delgadas y de largas piernas. Deseó no haber cedido al deseo de comer dulces. Tampoco importaba, ya que, aunque él era guapísimo, no era su tipo. Por tanto, ¿qué más daba que pensara que estaba gorda y que era una glotona?

–Me estaba diciendo algo sobre las finanzas de Alberto –miró el reloj–. Me marcho mañana por la mañana y quiero ver lo más posible antes de irme.

Por una vez en la vida, Giancarlo se quedó sin saber qué decir. ¿Le estaba metiendo prisa?

–Creo que sus planes tendrán que esperar hasta que haya terminado.

–No me ha dicho si ha decidido olvidar el pasado y acompañarme al lago Como –no sabía por qué se molestaba en preguntárselo porque era obvio que no tenía intención de hacerlo.

—Así que ha venido a verme con el único fin de organizar un alegre reencuentro.

—No ha sido idea mía.

—Eso es irrelevante. Volviendo al asunto en cuestión, resulta que hay un gran agujero en las cuentas de la compañía de Alberto.

Caroline frunció el ceño porque no tenía ni idea de lo que le hablaba.

—En efecto. En los últimos diez años ha habido un goteo de dinero, pero últimamente se ha convertido en una hemorragia.

Caroline lo miró consternada.

—¡Por Dios! ¿Cree que por eso le ha dado el infarto?

—¿Cómo dice?

—No creía que se interesara por la empresa. Me refiero a que apenas ha salido de casa desde que vivo con él.

—¿Cuánto hace de eso?

—Varios meses. Al principio pensaba quedarme solo unas semanas, pero nos llevábamos tan bien y había tantas cosas que quería que hiciera que me he quedado más tiempo —sus ojos castaños lo miraron con ansiedad—. ¿Está seguro de que lo que me cuenta es cierto?

—Nunca me equivoco —contestó él con sequedad—. Puede que Alberto no haya tomado parte activa en la dirección de la empresa y que haya vivido de los dividendos creyendo que sus inversiones han dado fruto.

–¿Y si lo hubiera descubierto recientemente? –preguntó Caroline, resuelta a no mostrarse demasiado emotiva ante un hombre al que, estaba segura, le repelerían las emociones femeninas. Además, ya había llorado el día anterior. Todavía conservaba el pañuelo que lo demostraba. Hacerlo dos veces sería imperdonable.

–¿Cree que eso puede haber contribuido al infarto? ¿Cree que la preocupación le ha afectado la salud? –se alteró tanto al pensarlo que se tomó la última pasta que le quedaba en el plato.

–Nadie puede acusarme de ser una persona crédula, señorita Rossi. La vida me ha enseñado que, en asuntos de dinero, siempre hay algunos que tratan de quedarse con él.

–Sí, lo supongo. Pobre Alberto. Nunca me ha dicho nada, a pesar de lo preocupado que estará. Imagínese tener que enfrentarse solo a algo así.

–Sí, pobre Alberto. De todos modos, mientras estudiaba lo que he hallado se me ha ocurrido que su misión aquí pudiera tener un doble objetivo.

–El médico dijo que el estrés puede provocar toda clase de problemas de salud.

–¡Céntrese, señorita!

Caroline guardó silencio y lo miró.

–¿Me sigue?

–¡No hace falta que me hable en tono condescendiente!

–Claro que hace falta. Se dedica a divagar.

Ella le dirigió una mirada resentida y añadió «grosero» a la lista cada vez más larga de cosas que no le gustaban de él.

–Y usted es la persona más grosera que conozco.

Giancarlo no recordaba la última vez que alguien se había atrevido a insultarlo a la cara. Creía que nunca había sucedido. Para no desviarse del tema, decidió pasar por alto el ofensivo comentario.

–Se me ha ocurrido que, si lo que me ha contado sobre el infarto es verdad, pudiera ser que la salud de mi padre no fuera el motivo principal de su visita a Milán.

–¿Si lo que le he contado es verdad? ¿Por qué iba a mentirle?

–Le contestaré con otra pregunta. ¿Por qué ha tomado mi padre la repentina decisión de buscarme ahora? Ha tenido muchas oportunidades de ponerse en contacto conmigo. ¿Por qué ahora? ¿Le propongo una teoría? Se ha dado cuenta de que su riqueza ha desaparecido y la ha enviado para tantear la situación. Tal vez le haya dicho que, si me parecía bien la idea de vernos, me hablara usted de la posibilidad de hacerle un préstamo.

Caroline se quedó sin palabras, sorprendida y molesta por lo que Giancarlo suponía y malinterpretaba. Lo miró fijamente. Estaba muy pálida. No solía dejarse llevar por la ira, pero en aquel momento tuvo que contenerse para no romperle el plato en la cabeza.

—Así que tal vez no haya sido justo al decir que me ha mentido. Tal vez fuera más exacto afirmar que no me ha dicho toda la verdad...

–¡Es increíble lo que dice! ¿Cómo se atreve a acusar a su padre de tratar de sacarle dinero?

Giancarlo se sonrojó ante su mirada de incredulidad.

–Ya le he dicho que el dinero tiene el desagradable hábito de hacer que aflore lo peor de la gente.

–Alberto no me ha mandado aquí para sacarle dinero ni para pedirle un préstamo.

–¿Insinúa que no sabe que soy un hombre rico?

–No se trata de eso –recordó que Alberto le había dicho que su hijo había llegado lejos.

–¿Ah, no? ¿Me está diciendo que no hay relación entre un padre al borde de la bancarrota, que lleva veinte años sin dar señales de vida, y su repentino e inexplicable deseo de ver a su hijo rico, al que echó de su casa hace mucho tiempo?

–¡Sí!

–Pues, si de verdad lo cree, si no está compinchada con Alberto, es usted tremendamente ingenua.

–Me inspira usted mucha lástima, señor De Vito.

–Llámame Giancarlo. Ya es casi como si nos conociéramos. No tienes igual a la hora de soltar comentarios ofensivos.

Caroline se sonrojó porque no solía ser ofensiva. Era, por naturaleza, una persona tranquila y sociable. Pero no iba a disculparse por decirle a Giancarlo lo que pensaba.

–También tú haces comentarios ofensivos –replicó con calma–. Acabas de acusarme de ser una mentirosa. Puede que en tu mundo no se pueda confiar en nadie.

–Me parece que la confianza está sobrevalorada. Tengo mucho dinero y, simplemente, he aprendido a protegerme –se encogió de hombros con elegancia para dar por terminado el tema.

Pero Caroline no estaba dispuesta a hacerlo y a dejar que siguiera pensando lo peor de Alberto y de ella.

–No creo que la confianza sea una virtud sobrevalorada. Te he dicho que me das lástima, y es verdad. Me parece que es triste vivir en un mundo donde no se puede creer que la gente sea buena. ¿Cómo se puede ser feliz cuando se piensa que los que te rodean tratan de aprovecharse de ti? ¿Cómo ser feliz cuando no se confía en las personas más próximas?

Giancarlo estuvo a punto de soltar una carcajada. ¿De qué planeta venía? El mundo era feroz, y más aún cuando intervenían el dinero y las finanzas.

–No te pongas beata –murmuró mientras observaba que le subían los colores–. Te estás ruborizando.

–¡Porque estoy enfadada! ¡Te sientes tan superior! ¿Con qué gente te relacionas para sospechar que trata de utilizarte? No sabía nada de ti cuando accedí a venir. No sabía que tenías montones de dinero. Lo único que sabía era que Alberto estaba enfermo y que deseaba hacer las paces contigo.

Estaba ocurriendo algo muy extraño: Giancarlo se distraía. ¿Se debía a los rizos de ella que se le escapaban y le rozaban el rostro? ¿O a que sus ojos con forma de almendra brillaban a causa de la ira? O tal vez fuera a que, al inclinarse hacia delante, sus senos rozaban la mesa y se veía compelido a mirarlos.

Era una extraña sensación experimentar esa ligera pérdida de control de sí mismo, ya que nunca le sucedía con las mujeres. Y era un experto en el sexo opuesto. No era vanidoso, pero sabía que poseía una mezcla de aspecto físico, poder e influencia que a la mayoría de las mujeres le resultaba irresistible. Acababa de romper una relación de seis meses con una modelo que aparecía en las portadas de las revistas porque ella había comenzado a pensar en ir más allá y a interesarse por la sección de anillos de compromiso de las joyerías.

No le interesaba el matrimonio. De sus padres había aprendido dos lecciones vitales: no existía lo de vivir felices para siempre; y era muy fácil que una mujer pasara de ser un ángel a ser un demonio.

Había visto muchas veces a su madre fingir que era la perfecta compañera, desplegar su magia con el hombre de turno, para después, cuando las cosas comenzaban a ir mal, pasar del entusiasmo a la desesperación, de ser difícil de conseguir a volverse dependiente.

Él, desde luego, tenía sangre en las venas y una libido muy sana, pero, en su opinión, el trabajo era mucho más fiable que las mujeres. Prescindía inmediatamente de ellas, aunque le gustaran mucho, antes de que empezaran a pensar que podían cambiarlo.

Nunca se había vuelto loco por ninguna, y en aquel momento le sorprendió que sus pensamientos se apartaran, aunque fuera ligeramente, del asunto que se traía entre manos.

Había ido a ver a Caroline, después de haber investigado para confirmar sus sospechas, para demostrarle que no era idiota y que no se podían reír de él.

—Te debes de aburrir por ahí sola —afirmó cuando debería estar pensando en dar por terminada la conversación y volver a su despacho a trabajar. Sin apartar los ojos de ella, hizo un señal al camarero para que les trajera otros refrescos.

Caroline no entendió aquel cambio en la conversación. Lo miró con recelo.

–¿Por qué te interesa?

–¿Por qué no iba a interesarme? No todos los días entra en mi despacho una desconocida con una granada. Además, y voy a serte totalmente sincero, no me parece que seas una persona capaz de relacionarte con mi padre, tal como lo recuerdo.

–¿Qué recuerdas? –al tener otro refresco frente a ella, la vista de las pastas que quedaban era muy tentadora. Como si le hubiera leído el pensamiento, Giancarlo pidió otras distintas y sonrió cuando dejaron el plato en la mesa al ver, por la expresión de ella, la lucha que se desarrollaba en su interior.

–¿Qué recuerdo de mi padre? Que era autoritario y controlador y que con frecuencia estaba de mal humor. En resumen: una persona no precisamente muy fácil.

–Es decir, como tú.

Él apretó los labios porque nunca se le había ocurrido pensarlo.

–Perdona, no debería haberlo dicho.

–No, no deberías haberlo hecho, pero ya me he acostumbrado a la idea de que hablas sin pensar. Es algo que creía que a Alberto le resultaba inaceptable.

–No me caes nada bien –dijo ella entre dientes–. Y retiro lo dicho: no te pareces a Alberto en absoluto.

–Encantado de oírlo. A ver, explícame –sentía

mucha curiosidad por aquel hombre al que su exesposa había demonizado.

Caroline sonrió lentamente y él se sorprendió al ver cómo se modificaba el contorno de su rostro para volverse más cautivadoramente hermoso.

–Pues a veces se pone de mal humor, como ahora, ya que detesta que le digan lo que tiene que comer y a qué hora debe acostarse. También detesta que tenga que ayudarle físicamente, por lo que ha contratado a una enfermera, y no hago más que decirle que debe ser menos dominante y crítico con ella.

–Cuando llegué fue muy educado. Creo que sabía que hacía un favor a mi padre y que pensó que solo debería portarse bien unas semanas. Me parece que no sabía qué hacer conmigo. No estaba acostumbrado a tener compañía, pero eso duró poco. Descubrimos que teníamos muchos intereses compartidos: los libros, las películas antiguas, el jardín, que ha sido decisivo para su recuperación. Todos los días paseamos por él, nos sentamos, charlamos y leemos. Le gusta que le lea, aunque siempre me dice que debo poner más énfasis al hacerlo. Supongo que ahora todo eso se acabará.

Giancarlo, que llevaba mucho tiempo sin pensar en lo que había dejado, recordó el jardín, que tenía un estanque. En él había pasado muchas horas en verano, cuando estaba de vacaciones.

–¿Qué quieres decir con que todo eso se acabará?

Caroline se sorprendió de que alguien tan inteligente no la hubiera entendido, pero se dio cuenta de que no podía explicárselo sin atacar a Alberto.

–Nada –murmuró.

–¿Se te ha comido la lengua el gato? No te andes con remilgos, no es propio de ti.

Ella pensó que no había odiado a nadie como lo odiaba a él.

–Pues que, si Alberto tiene problemas económicos, no va a poder seguir viviendo en esa enorme casa. Tendrá que venderla. Y no me digas que es un truco para sacarte dinero, porque no es así. No sé por qué te cuento esto, ya que no te lo vas a creer –de pronto sintió unas ganas enormes de marcharse, de volver a la casa del lago, aunque no sabía lo que haría al llegar allí. ¿Poner en peligro la frágil salud de Alberto haciéndole ver que debía enfrentarse a sus problemas?

–Ni siquiera sé si tu padre sabe cuál es su situación. Estoy segura de que me hubiera dicho algo.

–¿Por qué? Llevas muy poco tiempo con él. Supongo que la primera persona con la que hablaría sería con el contable.

–Puede que se lo haya contado al padre Rafferty. Iré a verle a la iglesia para ver si sabe algo.

–¿El padre Rafferty?

–Alberto va a misa los domingos desde hace tiempo. Se ha hecho muy amigo del padre Rafferty. Le gusta su sentido del humor irlandés y tomarse con él un whisky de vez en cuando. Debo irme. Todo esto...

–Es muy desagradable y probablemente no es lo que te imaginabas.

–No me importa –respondió ella sin dudarlo.

Giancarlo se estaba dando cuenta de que tal vez

se hubiera apresurado en sus suposiciones. O ella era una excelente actriz o decía la verdad.

–Me imagino que la enfermera a la que ha contratado la paga él, no la Seguridad Social.

Caroline no lo había pensado. ¿Cuánto le costaría? ¿No probaba eso que Alberto desconocía su situación financiera?

–Y, naturalmente, también te paga a ti –prosiguió él–. ¿Cuánto?

Mencionó una cifra tan exorbitante que ella lanzó una carcajada y siguió riéndose hasta que los ojos se le llenaron de lágrimas, como si hubiera hallado una salida a toda la tensión acumulada. Giancarlo la miraba como si estuviera ante una completa idiota.

–Perdona –dijo ella tratando de recuperar la seriedad–. No lo dirás en serio. Divide la cifra por cuatro.

–No seas ridícula, nadie vive con eso.

–Pero no he venido a Italia por el dinero, sino para mejorar mi italiano. Alberto me ha hecho un favor al acogerme, ya que no pago el alquiler ni la comida. ¿Por qué me miras así?

–Entonces, ¿no te importa que apenas te pague?

«La explota», pensó, «y no me sorprende». Una enfermera especializada no ofrecería sus servicios por bondad, pero ¿una joven inexperimentada? ¿Por qué no aprovecharse de ella? Era evidente que el viejo sabía el estado de sus finanzas, por mucho que ella afirmara lo contrario.

–No me importa. El dinero nunca me ha preocupado.

–¿Sabes una cosa? –Giancarlo hizo una seña al camarero para que les llevara la cuenta.

Caroline miró la hora. El tiempo había pasado volando a pesar de lo mucho que le desagradaba la compañía de aquel hombre.

—¿El qué?

—Tu misión ha sido un éxito. Creo que, a fin de cuentas, es hora de volver a casa.

Capítulo 3

GIANCARLO había visto la casa de su padre por última vez al marcharse de allí con su madre. La fachada de la mansión de piedra, rodeada de exuberantes jardines, daba al bellísimo lago de aguas azules y transparentes.

Le inquietaba volver, justo una semana después de que Caroline se hubiera marchado muy emocionada por haberle convencido de que aceptara hacer las paces con su padre.

Si ella creía que todo era alegría y reconciliación, él se guardaba mucho de compartir su optimismo. No se hacía ilusiones sobre la naturaleza humana. Era discutible la gravedad del infarto de Alberto, y estaba preparado para hallar a un hombre con bastante buena salud que tal vez hubiera convencido a una crédula Caroline para conseguir sus propósitos. Recordaba a su padre como un hombre imponente, autoritario y sin emociones. No podía imaginarse que la enfermedad lo hubiera cambiado, aunque tal vez percatarse de que el dinero se le evaporaba lo hubiera deprimido.

Giancarlo disminuyó la velocidad de su coche deportivo para atravesar los pintorescos pueblos de camino a la casa paterna.

Había olvidado lo encantadora que era la zona. El lago Como, el tercero más grande de Italia, era perfecto para una postal, con sus elegantes chalés, cuidados jardines, pueblos de calles adoquinadas y plazas de iglesias románicas; y caros hoteles y restaurantes que atraían a un selecto turismo.

Giancarlo experimentó una agradable sensación.

Volvía a casa bajo sus propias condiciones. Un examen más detenido de la situación económica de Alberto le había demostrado que su empresa estaba destrozada por una recesión económica sin precedentes, una mala dirección y la falta de voluntad de adaptarse a los nuevos tiempos e invertir en nuevos mercados.

Sonrió para sí. No se consideraba vengativo, pero le complacía la idea de quedarse con la empresa de su padre y salvarlo. Para Alberto no habría píldora más amarga que saber que estaba en deuda con el hijo al que había dado la espalda.

No había hablado de ello con Caroline cuando se separaron. Durante unos minutos se distrajo pensando en ella. Era muy rara: increíblemente emotiva, con tendencia al llanto y de una sinceridad que lo dejaba sin habla. No conseguía quitársela de la cabeza, lo cual lo irritaba.

Nunca volvería a excluir la aparición de lo inesperado en su vida. Cuando uno creía tenerlo todo bajo control, sucedía algo que demostraba lo contrario.

No estaba nervioso, sino muy animado, ya que creía que el círculo se había cerrado. Le despertaba la curiosidad el reencuentro con su padre, aunque había oído hablar tanto de él, a lo largo de los años, que no pensaba que fuera a haber algo nuevo.

Le agradaba pensar que sería Alberto quien estaría consumido por los nervios. Sabía que antes o después le hablaría de dinero y tal vez tratara de convencerlo para que invirtiera en algo o, tragándose el orgullo, le pidiera un préstamo.

Giancarlo se regodeaba en la posibilidad de asegurarle que el dinero llegaría, pero eso tendría un coste: se adueñaría de la empresa, y la seguridad económica de su padre dependería de la generosidad del hijo al que había repudiado.

Su intención era quedarse en la mansión hasta haber hablado con él: un par de días, como máximo. Eran dos desconocidos. No tenían nada que decirse y estarían deseando perderse de vista en cuanto hubieran solucionado el asunto que lo llevaba hasta allí.

La mansión de su padre no era la mayor de los alrededores del lago, pero seguía siendo imponente.

Detuvo el coche en el patio y sacó del maletero una bolsa de viaje y el ordenador, en donde se hallaban todos los documentos necesarios para iniciar el proceso de adquisición de la empresa paterna.

Caroline, al verlo desde la ventana de su dormitorio, comenzó a ponerse muy nerviosa.

Llevaba una semana tratando de quitarle importancia al efecto que él le había causado. Tampoco era tan alto, ni tan guapo, ni tan arrogante, se decía.

Por desgracia, al verlo bajarse del coche, con gafas de sol, y sacar las dos bolsas del maletero, se dio cuenta de que era tan intimidante como lo recordaba.

Salió corriendo al pasillo, bajó las escaleras de dos en dos y llegó sin aliento al salón, situado en la parte posterior de la casa.

–¡Ya ha llegado!

Alberto estaba sentado al lado de un ventanal con vistas al jardín que llegaba hasta el lago.

–Ni que fuera el Papa quien viniera a visitarnos. ¡Cálmate, mujer! Se te han subido los colores.

–Vas a ser amable, ¿verdad, Alberto?

–Siempre lo soy. Tú armas demasiado jaleo por todo y te exaltas por cosas sin importancia. Ve a buscar al chico y tráelo antes de que decida marcharse. Y, de paso, dile a la enfermera que quiero un whisky antes de cenar, tanto si le gusta como si no.

–No voy a decírselo. Si quieres desobedecer al médico, díselo tú mismo a Tessa. Me encantará ver cómo se lo toma.

Sonrió al anciano con afecto. Después de haber conocido a Giancarlo, había descubierto entre ambos similitudes sorprendentes. Ambos poseían los mismos rasgos aristocráticos y los miembros largos y delgados propios de los atletas. Aunque Alberto era un anciano, no resultaba difícil notar que había sido tan atractivo de joven como su hijo.

–Deja de cotorrear y vete.

Caroline trató de serenarse y llegó a la puerta cuando sonaba la campanilla. Abrió y sintió que la boca se le quedaba seca. Giancarlo iba vestido como un verdadero italiano: polo de color crema, pantalones oscuros y mocasines caros. Parecía recién salido de un desfile de modas.

Él la miró con expresión sardónica y le preguntó:

–¿Me estabas esperando al lado de la ventana?

Caroline, al recordar que así había sido, carraspeó antes de decirle:

–¡De ninguna manera! Aunque estuve tentada por si no aparecías.

Se echó a un lado para dejarlo pasar y él entró adonde había pasado los primeros doce años de su vida. Había cambiado muy poco. En el centro del amplio vestíbulo de mármol, una escalera doble conducía a una impresionante galería. A cada lado del vestíbulo había varias habitaciones.

Giancarlo las recordó: los salones, el despacho que siempre le había estado vetado, el comedor, la galería en la que colgaban cuadros de gran valor, también vetada para él...

–¿Por qué no iba a presentarme? –Giancarlo se volvió hacia ella.

Parecía sentirse más a gusto allí que en Milán, lo cual no era de extrañar. Llevaba el pelo suelto, y sus rizos castaños le cubrían los hombros y parte de la espalda.

–Podías haber cambiado de idea. Parecías muy firme en tu decisión de no ver a tu padre y de pronto cambiaste de idea. No era lógico, así que pensé que podías volver a cambiar de opinión.

–¿Dónde está el personal de servicio?

–Ya te he dicho que la mayor parte de la casa está clausurada. Tenemos a Tessa, la enfermera que cuida a Alberto y que vive aquí; y también a las dos chicas que limpian, pero viven en el pueblo. Me alegro de que haya decidido venir. ¿Vamos a ver a tu padre? Supongo que querrás quedarte a solas con él.

–¿Para ponernos al día o para intercambiar recuerdos de los viejos tiempos?

Caroline lo miró consternada. Giancarlo no había hecho ningún esfuerzo por ocultar la amargura de su voz. Alberto no solía hablar del pasado, y cuando lo hacía se refería a sus días de estudiante universitario y a los sitios a los que había viajado de joven. Pero ella se imaginaba que había sido un buen padre. Cuando Giancarlo aceptó ir a verlo, ella supuso ingenuamente que estaba dispuesto a pasar por alto lo que los había separado. Al verlo en aquel momento se percató de su equivocación.

–O para olvidar el pasado y seguir adelante –propuso ella.

–¿Por qué no vemos la casa antes de ir al encuentro de mi padre? Quiero comentarte un par de cosas.

–¿Qué cosas?

–Si no te apetece hacer todo el recorrido, llévame a mi habitación. Lo que tengo que decirte no es muy largo.

–Te llevaré a tu habitación, pero primero voy a decírselo a Alberto para que no se preocupe.

–¿Por qué iba a hacerlo?

–Está deseando verte.

–Supongo que estaré en mi antiguo cuarto –murmuró él–. En el ala izquierda, con vistas al jardín.

–El ala izquierda ya no se usa –dijo ella mientras comenzaba a subir las escaleras–. Te llevaré adonde vas a alojarte. Si nos damos prisa, estoy segura de que tu padre no se impacientará y así podrás decirme lo que tengas que decirme.

Sintió que el corazón le golpeaba el pecho mientras precedía a Giancarlo. Al final de las escaleras giró a la izquierda por el pasillo, donde había mesas con floreros llenos de flores. Estas eran el toque personal de Caroline, que había comenzado a ponerlas poco después de empezar a vivir con Alberto, a pesar de que este no había accedido a ello de buena gana, ya que, según él, era una pérdida de tiempo, pues se morirían al cabo de una semana.

Al llegar a la habitación, una de las muchas destinadas a los huéspedes, Giancarlo miró a su alrededor y observó los signos de deterioro, como el papel de las paredes, aún elegante, pero descolorido. Nada había cambiado en dos décadas. Dejó el equipaje en la cama y se acercó a la ventana para mirar el jardín. Después se volvió hacia ella.

–Creo que debo decirte que la decisión de venir no ha sido totalmente altruista –afirmó sin rodeos–. No quiero que te hagas la idea equivocada de que se trata de una reunión familiar, porque te llevarás una desilusión.

–¿A qué te refieres?

–La situación económica de Alberto, ¿cómo decirlo?, me ofrece la oportunidad de reparar, por fin, una injusticia.

–¿Qué injusticia?

–No es de tu incumbencia. Basta con que sepas que Alberto no debe temer que los bancos se queden con esta casa y lo que contiene.

–¿Es que iban a hacerlo?

–Antes o después, es lo que sucede. Las deudas se acumulan; los accionistas se ponen nerviosos; comienzan los despidos; y en poco tiempo los acreedores se adueñan de los bienes de la persona endeudada.

Caroline lo miró con los ojos como platos.

–Eso destrozaría a Alberto –susurró mientras se acercaba a la cama y se sentaba–. ¿Estás seguro de lo que dices? No, olvida la pregunta porque ya sé que no cometes errores.

–¿No estaría bien que se ahorrase todo eso? –preguntó él con impaciencia.

–Sí.

–¡Entonces borra esa expresión de pena de tu rostro inmediatamente!

–¿Qué vas a hacer exactamente? ¿Darle el dinero? ¿No es una cifra enorme? ¿Tan rico eres?

–Tengo lo suficiente –afirmó él con sequedad.

–¿Cuánto es eso?

–Lo suficiente como para que la casa y la empresa de Alberto no acaben en manos de sus acreedores. Pero no le va a salir gratis.

–¿Qué quieres decir?

–Quiero decir que lo que ahora es de mi padre inevitablemente pasará a mis manos. Me quedaré con la empresa y le devolveré su antiguo estado de prosperidad, y lo mismo haré con esta casa, que pide a gritos una restauración. Seguro que las habitaciones que se han cerrado se están cayendo a pedazos.

–Y no harás nada de eso porque Alberto te importe –observó ella–. En realidad no te vas a reconciliar con tu padre, ¿verdad?

Giancarlo se quedó callado, aunque la resignada desilusión de la voz femenina consiguió traspasar la rígida coraza de su autocontrol, lo cual lo enfureció.

–Es imposible reconciliarse con quien apenas recuerdas. No conozco a Alberto.

–Lo conoces lo bastante como para desear hacerle daño por lo que crees que te hizo.

–Eso es ridículo

–¿Ah, sí? Has dicho que ibas a ayudarlo para reparar una injusticia.

Giancarlo protegía ferozmente su vida privada. No hablaba del pasado con nadie, a pesar de que muchas mujeres lo habían intentado para conocerlo mejor y habían creído que les acabaría abriendo el corazón.

–Alberto se divorció de mi madre e hizo todo lo legalmente posible para que recibiera lo justo para vivir. De aquí –hizo un gesto indicando la mansión– ella pasó a habitar un pisito en las afueras de Milán. Ya ves por qué experimento cierto resentimiento por mi padre. Sin embargo, si fuera de verdad una persona vengativa, no habría vuelto y no contemplaría la posibilidad de un negocio lucrativo, lucrativo para Alberto y bastante menos para mí, ya que tendré que invertir mucho dinero en la empresa para conseguir que salga a flote. Reconocerás que podía haber leído los informes financieros y no haber hecho nada. Lo estuve pensando, pero... Digamos que opté por el toque personal, que resulta mucho más satisfactorio.

A Caroline le resultaba imposible hacer coincidir

la versión que Giancarlo le daba de su padre con el Alberto que ella conocía. Era verdad que se trataba de una persona difícil, y que seguramente lo hubiera sido mucho más de joven, pero no era tacaño. No se lo imaginaba vengándose de su exesposa, aunque ¿cómo podía estar segura?

De lo que sí estaba segura era de que, a pesar de que Giancarlo lo considerara la reparación de una injusticia, se trataba de una venganza, y eso no se lo perdonaba. Iba a salvar a su padre atacándole en el punto más vulnerable: su orgullo.

Se levantó con los brazos en jarras y lo miró con ojos llameantes.

–¡Me da igual cómo lo llames, pero eso es una canallada!

–¿El qué? ¿Sacarle de apuros? –Giancarlo negó con la cabeza y dio dos pasos hacia ella.

Tenía las manos en los bolsillos y se le acercó sin prisas, pero había una amenaza en cada uno de sus movimientos, por lo que Caroline se dispuso a defenderse. No podía apartar los ojos de él porque tenía el magnetismo de un depredador peligroso pero espectacularmente hermoso.

Él la miró y observó el color de sus mejillas y su respiración agitada.

–Te gusta discutir, ¿verdad? –murmuró, lo que desconcertó a Caroline, que no estaba acostumbrada a tratar con hombres como él. Su experiencia con el sexo opuesto se limitaba a los dos hombres con los que había salido, seres amables con los que aún mantenía la amistad.

–¡No! Nunca discuto, no me gusta.

–¡Quién lo diría!

–Eres tú quien me pone así –susurró ella–. Me refiero a que..

–¿Te saco de quicio?

–¡Sí! ¡No!

–¿En qué quedamos: sí o no?

–No te burles. Todo esto no tiene gracia –se apretó la chaqueta contra el cuerpo en un acto defensivo que a él no le pasó desapercibido.

–Para ser una chica joven, eliges ropa pasada de moda. Las chaquetas de punto son para mujeres de más de cuarenta años.

–No sé qué tiene que ver mi ropa con esto –respondió ella enfadada y avergonzada a la vez.

–¿Te da vergüenza tu cuerpo? –Giancarlo no hacía esa clase de preguntas a una mujer porque no le gustaban las conversaciones profundas. Sin embargo, sentía curiosidad por aquella gata rabiosa que afirmaba que no lo era, salvo en presencia suya.

Caroline se dirigió a la puerta temblando como una hoja. Se quedó en el umbral.

–¿Y cuándo vas a decírselo a Alberto?

–Supongo que será él quien saque el tema. Me parece que tienes mucha fe en la naturaleza humana. Te equivocas, hazme caso.

–No quiero que lo alteres. El médico dice que hay que ahorrarle todo tipo de tensiones para que se recupere por completo.

–Muy bien, no seré yo el que inicie la conversación con una pregunta sobre la empresa.

–Nadie te importa salvo tú mismo, ¿verdad? –preguntó ella en un tono de genuina sorpresa.

–Tienes la habilidad de decirme lo que no debes –masculló él.

–Te refieres a que te digo lo que no quieres oír –ella salió rápidamente al pasillo al ver que él caminaba hacia ella. Comenzaba a entender que estar físicamente muy próximos era como estar demasiado cerca de un campo eléctrico–. Tenemos que bajar. Alberto se estará preguntando dónde estamos. Se cansa con facilidad, por lo que cenamos pronto.

–¿Quién cocina? ¿Las dos chicas que vienen a limpiar? –avanzó hacia ella y se dio cuenta de que aún se aferraba a la chaqueta.

Comenzaba a modificar la impresión inicial que se había hecho de ella. Era una persona fogosa y a quien costaba intimidar. Pocos le habían hecho frente como ella.

–A veces. Alberto está a dieta. Tessa suele prepararle la comida y yo cocino para ella y para mí. Es difícil conseguir que Alberto siga una dieta sin sal, ya que afirma que la vida no merece la pena sin ella –afirmó en tono afectuoso.

Por primera vez, Giancarlo se preguntó cómo hubiera sido tener a Alberto como padre. Era evidente que se había dulcificado con el tiempo. ¿Habrían llegado a conectar?

Bajaron las escaleras y se dirigieron hacia el salón más pequeño, situado en la parte posterior de la casa.

Él volvió a preguntarse qué atractivo podía tener aquello para Caroline: una hermosa casa, bellos jardines, agradables vistas y paseos no bastaban para impedir ser presa poco a poco del aburrimiento.

¿Cuánto se habría aburrido su madre rodeada de toda aquella riqueza, encerrada como un pájaro en una jaula dorada?

Alberto la había conocido en una de sus múltiples conferencias. Era un bonita camarera que trabajaba en un restaurante de un pueblo de la costa de Amalfi adonde Alberto había dio a descansar un par de días. La había sacado de la oscuridad y rodeado de riqueza, pero ella se había quejado repetidamente a su hijo de que nada podía compensar el horror de vivir con un hombre que la trataba como a una sirvienta. Había resultado que Alberto era un hombre difícil, implacable y demasiado mayor para ella.

Giancarlo se había visto condicionado a detestar a un hombre al que su madre hacía responsable de todas sus desgracias.

Por eso, al oír hablar a Caroline de su padre le asaltaron las dudas. ¿Cómo podía sentir ella tanto afecto por un hombre tan desagradable? ¿Podía alguien cambiar hasta tal punto?

Antes de llegar al salón, ella le puso la mano en el brazo.

—¿Me prometes que no harás que se altere?

—No se me da bien hacer promesas.

—¿Por qué es tan difícil comunicarse contigo?

—La mayor parte de la gente, lo creas o no, no tiene problemas. Ya te he dicho que no voy a saludarle con preguntas sobre su situación económica, y no lo haré. No te prometo nada más.

—Trata de conocerlo —le rogó Caroline—. No creo que conozcas al verdadero Alberto.

—No me digas lo que conozco o dejo de conocer

–respondió él en tono glacial–. Ella retiró la mano como si de repente se hubiera quemado–. He venido con un propósito y quiero estar seguro de dejar todo atado antes de marcharme.

–¿Y cuánto te quedarás? No te lo he preguntado, pero veo que no has traído mucho equipaje.

–No pienso quedarme más de dos días; tres, como mucho.

Caroline reconoció con tristeza que se trataba de un viaje de negocios. ¿Dos días? Lo suficiente como para que Giancarlo cobrara a Alberto con intereses sus malas acciones pasadas, fueran cuales fuesen.

Ni siquiera estaba dispuesto a conocerlo. Lo único que le interesaba era vengarse, aunque no quisiera aceptarlo.

–¿Alguna otra pregunta? Me sorprende el afecto que sientes por Alberto –afirmó él bruscamente, irritado consigo mismo porque la respuesta que ella le diera no cambiaría nada.

–¿Por qué? No vine cargada de prejuicios, sino con la mente abierta, y me encontré a un hombre solitario, bondadoso y generoso. Es cierto que puede ser quisquilloso, pero lo que cuenta es su interior. Al menos, para mí.

No debería haberle pedido su opinión. Cualquier respuesta que le hubiera dado lo habría puesto nervioso. Estuvo tentado de decirle que era el hombre con menos prejuicios del mundo y que, si en aquel caso tenía ideas preconcebidas, no era culpa suya.

–Bueno, me alegro de que te tenga aquí.

Caroline se irritó al darse cuenta de que estaba siendo condescendiente con ella.

–No te alegras. Sigues tan enfadado con él que hubieras preferido que siguiera solo en esta enorme casa, sin nadie con quien hablar. Y si hubiera alguien, preferirías que no fuera yo, ya que no te caigo bien.

–¿Dé donde te has sacado eso?

Caroline no respondió. Le angustiaba lo que estaba a punto de suceder.

–Pues tú tampoco me caes bien –afirmó con vehemencia–. Y espero que fracasen tus planes de arruinarle la vida a Alberto –se dio la vuelta para que él no viera asomarse las lágrimas a sus ojos–. Te está esperando. ¿Por qué no entras y acabas de una vez?

Capítulo 4

GIANCARLO entró en una habitación que le resultaba familiar. Aquel salón era el menos ornamentado y, por tanto, el más acogedor. Allí hacía sus deberes mientras resistía la tentación de salir al lago. Alberto estaba sentado en una silla al lado de un ventanal con una manta sobre las piernas.

—Así que has venido, hijo mío.

Giancarlo miró a su padre y se preguntó si su memoria le jugaba una mala pasada, pues parecía que se hubiera encogido.

—Padre...

—Caroline, ¿por qué no le ofreces algo de beber a nuestro invitado? Yo me tomaré un whisky.

—De ninguna manera —ella se le acercó con aire protector mientras él trataba de apartarla con la mano.

Al verlos, Giancarlo se dio cuenta de que se trataba de un juego que les resultaba familiar y con el que se encontraban a gusto.

Ella se dirigió a un armario, reconvertido en nevera, mientras hablaba nerviosamente sobre lo conveniente que resultaba tener a mano cosas de beber, ya que aquella era la habitación preferida de Alberto, que ya no tenía fuerzas para ir a la cocina cuando quería algo de beber.

–Aquí no hay whisky –continuó ella–. Tessa y yo sabemos que es su talón de Aquiles, así que tenemos vino. Antes he metido una botella. ¿Te apetece un poco?

Si hubiera tenido la oportunidad, habría salido corriendo, pero el instinto de proteger a Alberto hizo que se quedara.

Cuando se dio la vuelta con una bandeja con bebidas y aperitivos, Giancarlo se había sentado en una silla. Si se encontraba a disgusto, no lo parecía.

–Padre, me han dicho que ha sufrido un infarto.

–¿Qué tal el viaje, Giancarlo?

Los dos comenzaron a hablar a la vez. Caroline se tomó su bebida muy deprisa y se quedó callada mientras padre e hijo se hacían educadísimas preguntas a las que daban educadísimas respuestas. Muchos de sus gestos eran iguales.

Giancarlo hablaba, pero no conversaba. Al menos hasta aquel momento había cumplido su palabra de no mencionar la situación económica de Alberto, aunque estaba segura de que este se preguntaba para qué había ido hasta allí su hijo cuando tan poco entusiasmo demostraba.

Cenaron en el comedor, lo cual no fue una idea muy acertada, ya que la larga mesa y el austero entorno no invitaban a la conversación. La tensión del ambiente se hubiera podido cortar con un cuchillo.

Después de acabar el primer plato, iniciaron diversos temas de conversación y los abandonaron. Hablaron del tiempo, del turismo, de que no había nevado el invierno anterior y, desde luego, Alberto preguntó a su hijo por su trabajo, a lo que este respondió con tal brevedad que pronto se agotó el tema.

Cuando les llevaron el segundo plato, Caroline estaba harta de aquella conversación forzada. Si ellos no querían hablar, ella llenaría las lagunas. Habló de su infancia en Devon. Sus padres eran maestros y muy ecologistas. Se echó a reír al recordar que las gallinas que tenían ponían tantos huevos que a veces su madre hacía tantos bizcochos para aprovecharlos que era imposible comérselos todos, ya que solo eran tres de familia. Acababan llevándolos a la iglesia los domingos.

Habló de los estudiantes que, en régimen de intercambio, habían vivido en su casa, a algunos de los cuales les resultaban muy divertidos los experimentos de su madre con los productos que cultivaba en el huerto.

Alberto reía, pero no parecía relajado. El hijo al que deseaba volver a ver con desesperación no le correspondía, y ni siquiera se molestaba en ocultarlo.

Caroline sentía los oscuros ojos de Giancarlo fijos en ella, y se percató de que no podía mirarlo. ¿Qué tenía aquel hombre que le ponía la piel de gallina y hacía que se sintiera incómoda? El timbre de su voz ronca le producía escalofríos y cuando la miraba le ardían las mejillas.

Al volver al salón para tomar café, Caroline estaba agotada y Alberto parecía cansado. Giancarlo, en cambio, estaba tan tranquilo como al principio.

—¿Cuánto tiempo vas a quedarte, hijo mío? Deberías ir a ver el lago. Hace buen tiempo y te gustaba navegar. Claro que ya no tenemos el barco. Carecía de sentido después, bueno, después...

–¿Después de qué, padre?

–Creo que ya es hora de que te acuestes, Alberto –Caroline intervino a la desesperada–. Pareces cansado y sabes que el médico te ha dicho que te lo tomes con calma. Voy a buscar a Tessa y...

–Después de que tu madre y tu os marcharais.

–Ah, por fin reconoces que tuviste una esposa. Creí que la había borrado de la memoria.

No habían dicho una palabra de Adriana. Habían hablado del pasado como si ella no hubiera existido. Y después de sus últimas palabras, Giancarlo esperaba ver a su verdadero padre, el hombre frío e implacable que nunca evitaba discutir.

Alberto le sorprendió contestándole en voz baja:

–No lo he hecho, hijo mío.

–Es hora de que te acuestes, Alberto –Caroline se puso de pie y lanzó una mirada cargada de intención a Giancarlo–. No voy a consentir que sigas fatigando a tu padre. Ha estado muy enfermo y esta conversación no va a ayudarlo en absoluto.

–No te metas, Caroline –la recriminó el anciano, pero se pasó el pañuelo por la frente.

Ella apuntó con el dedo a Giancarlo mientras le decía:

–Espérame aquí mientras voy a buscar a Tessa. Quiero hablar contigo.

–El chico quiere hablar del pasado, Caroline. Para eso ha venido.

Caroline lanzó un bufido sin apartar la mirada de Giancarlo. ¡Si Alberto supiera!

Se volvió hacia él y le dijo:

–Voy a por Tessa, y mañana tu rutina no se va a interrumpir. Tu hijo va a quedarse unos días, por lo que tendréis tiempo de dedicaros a recordar.

–¿Unos días? –padre e hijo hablaron al unísono. Giancarlo estaba atónito y enfurecido mientras que Alberto parecía esperanzado.

–Puede que una semana –respondió ella mirando a Giancarlo. De perdidos, al río, pensó–. ¿No fue eso lo que me dijiste? –se preguntó de dónde demonios procedía aquella determinación. ¡Ella siempre evitaba los enfrentamientos!

–Así que mañana, Alberto, no tendrás que entretener a tu hijo porque va a ir a navegar en el lago.

–¿Voy a ir a navegar?

–Exactamente. Conmigo.

–Creí que no sabías navegar, Caroline –murmuró Alberto.

–Pero estoy deseando aprender.

–Me has dicho que el agua te causa pavor.

–Sí, pero me han explicado que solo podré superarlo si le hago frente.

Salió de la habitación antes de que Alberto le respondiera y fue corriendo a la habitación de Tessa. Se imaginó la conversación que tendrían padre e hijo. Eso en el mejor de los casos; en el peor, estarían recordando, y ese viaje solo podía llevarles a enzarzarse en una discusión que no haría bien alguno a la recuperación del anciano.

Diez minutos después volvió corriendo al salón.

Giancarlo había desaparecido.

–El chico tiene que trabajar.

–¿A esta hora?

–Recuerdo que, de joven, yo trabajaba a horas intempestivas. El chico es como yo, lo cual puede que no sea bueno. Trabajar mucho está bien si uno sabe parar. Es un chico muy guapo, ¿no te parece?

–Supongo que a algunos se lo parecerá –respondió ella. Aliviada, oyó llegar a Tessa.

Alberto no se reprimía a la hora de hacer preguntas difíciles. Decía que era una de las ventajas de la vejez. Pero lo único que a ella le faltaba era tener una conversación a fondo sobre lo que opinaba de su hijo.

–También es inteligente.

Caroline se preguntó cómo podía ser tan generoso con alguien que no estaba dispuesto a ceder en su actitud.

–Me ha dicho que os veréis mañana en su coche a las nueve –prosiguió el anciano mientras Tessa entraba–. Cree que le gustará navegar un rato. Le sentará bien. Parece tenso. Y lo entiendo, dadas las circunstancias. Así que no te preocupes por mí. Después de levantarme, esta bruja –indicó a Tessa– podrá llevarme a pasear.

Tessa guiñó el ojo a Caroline y sonrió mientras ayudaba al anciano a levantarse.

–Cualquiera diría que no está encantado cuando lo acuesto –afirmó ella.

Aunque Caroline había dicho a Giancarlo que quería hablarle, se dio cuenta de que no tenía ganas de hacerlo. Toda su determinación se había evaporado. La perspectiva de una mañana en su compañía se le hizo muy cuesta arriba. ¿La escucharía Giancarlo? Este todavía no había revelado a su padre el propósito de la visita, pero estaba segura de que lo haría al día siguiente y de que solo se quedaría dos días.

No había manera alguna de convencerle de que hiciera algo que no deseaba, y en las horas anteriores a ella le había quedado claro que no estaba dispuesto a tender la mano a su padre en son de paz.

Caroline no descansó bien aquella noche. Hacía mucho tiempo que no se habían hecho mejoras en la casa, por lo que no había aire acondicionado. El ambiente era bochornoso.

Al despertarse no se sintió descansada y tardó unos segundos en recordar que no llevaría a cabo la rutina habitual: no desayunaría tranquilamente con Alberto antes de sacarlo a pasear ni clasificaría algunos de sus libros y documentos después de comer para que él decidiera cuáles dejar al museo local y cuáles conservar.

Rápidamente se puso unos pantalones, una camiseta y, por supuesto, una rebeca, además de unos zapatos cerrados. No sabía nada sobre barcos ni navegación, pero pensó que una falda y unas sandalias no serían adecuadas. Se recogió el pelo en una trenza.

Sin tiempo para desayunar, salió al exterior. El día era soleado y sin nubes. Giancarlo estaba al lado del coche. Llevaba gafas de sol y hablaba por el móvil. Ella lo miró durante unos segundos. A pesar de que él hubiera roto los lazos con su pasado aristocrático, no podía borrarlo de sus rasgos. Incluso con ropa vieja y descalzo, era el colmo de la elegancia.

Él se percató de su presencia y cerró el teléfono mientras ella se le aproximaba.

–Así que parece que voy a pasar una semana de vacaciones aquí –se quitó las gafas y la siguió mirando hasta que ella se sonrojó hasta la raíz del cabello.

–Sí, bueno...

–Tal vez puedas decirme qué planes tengo para esta semana, ya que la has organizado tú.

–Podrías mostrarte un poco amable en vez de arremeter contra mí.

–¿Es eso lo que estoy haciendo? –le abrió la puerta del coche y la cerró de un portazo cuando ella se hubo montado–. Recuerdo perfectamente haberte dicho que lo máximo que me quedaría serían dos días. ¿Cuándo decidiste ampliarlo a una semana? –se inclinó apoyando las manos en el coche para interrogarla a través de la ventanilla abierta.

Al tenerlo tan cerca, ella comenzó a aspirar profundamente porque le faltaba el aire.

–Sí, ya lo sé. Pero me pusiste furiosa.

–¿Qué yo te puse furiosa?

Ella asintió en silencio y miró hacia delante. Él rodeo el coche y se montó.

–¿Y cómo crees que me sentí yo cuando me arrinconaste?

–¡Te lo merecías!

–No creo –arrancó y salió del patio haciendo chirriar los neumáticos y ella cerró los puños con tanta fuerza que se clavó las uñas en las palmas–. No he venido a relajarme.

—¡Ya lo sé! ¿Crees que no lo dejaste claro anoche?

—Te di mi palabra de que no sería yo el que planteara el tema del dinero el primer día, y la he mantenido.

—Pero cuando mencionaste a tu madre, solo quise evitar una discusión, por lo que dije lo primero que se me ocurrió. Perdóname. Siempre puedes decirle a Alberto que me equivoqué, que no entendí las fechas. Sé que tienes muchas cosas importantes que hacer y que probablemente no puedas permitirte perder una semana, pero en aquel momento no tuve elección. Tenía que ofrecer a Alberto algo a lo que agarrarse.

—Es una pena que no pienses antes de hablar. Supongo que esto era lo que querías decirme.

—Fue una velada incómoda. Alberto quería de verdad conversar. Era como si no estuviera preparado para observar nada malo en su hijo que venía a verlo al cabo de los años, apenas intentaba hablar con él y desaparecía para trabajar.

Giancarlo se sonrojó. La tarde no había ido como había previsto, aunque tampoco estaba totalmente seguro de lo que había previsto. Solo sabía que su padre no era lo que se esperaba.

Para empezar, era evidente que estaba mal de salud, como le había dicho Caroline, y lo más sorprendente había sido que, en vez de una conversación llena de malicia y amargura como las que su madre le había contado a lo largo de los años, no había hablado de un pasado lamentable y un matrimonio desgraciado. Alberto era muy distinto de la imagen que se había hecho de él.

Naturalmente, el tema del dinero, el motivo por

el que estaba allí, haría aflorar lo peor de su padre. Sin embargo, ni siquiera esa certeza pudo disipar las dudas que le habían ido invadiendo tras marcharse del salón.

–Tal vez –dijo mirando el paisaje que cada vez le resultaba más familiar– pasar unos días fuera de Milán no sea tan mala idea.

–¿Cómo?

–Yo no lo llamaría unas vacaciones, pero esto es sin duda más tranquilo que Milán –miró de reojo a Caroline a la que el aire que entraba por la ventanilla había despeinado por completo.

–Supongo que tú nunca te tomas vacaciones –dijo ella. Aunque su intención siguiera siendo quedarse con la casa y la empresa de su padre, unos días con Alberto tal vez hicieran que dejara de verlo todo o blanco o negro y le proporcionaran el tacto suficiente para no humillarlo.

–El tiempo es oro.

–En la vida hay más cosas que el dinero.

–Estoy de acuerdo, pero, por desgracia, el dinero suele ser lo que nos permite disfrutar de ellas.

–¿Por qué has decidido quedarte más días? Hace un momento estabas enfadado porque te había puesto en una situación difícil.

–Y lo habías hecho, pero soy una persona que reflexiona y se adapta a la situación. Quedarme más tiempo me supondrá una ventaja a la hora de elaborar una propuesta que mi padre entienda. Debo reconocer que Alberto no es como me lo imaginaba. Al principio pensé que lo de su mala salud era una exageración.

Miró el rostro de Caroline. Como cabía esperar, tenía una expresión airada.

–He comprobado que no está bien, lo cual sin duda explica su actitud dócil, impropia de él. No soy un monstruo. Estaba dispuesto a hablarle sin rodeos, pero ahora acepto que tendré que ir con cuidado para obtener lo que deseo.

El paisaje y la sensación de espacio abierto eran impresionantes. Al fondo el lago centelleaba. Por primera vez en muchos años se sintió exaltado por la experiencia de la libertad.

–Además, hace mucho tiempo que no venía a esta parte del mundo.

Siguió las señales hacia uno de los muchos embarcaderos del lago, se desvió de la carretera principal y se dirigió hacia el agua.

–No creo que pueda soportarlo –murmuró ella cuando el coche se detuvo.

–Se supone que lo has organizado tú.

Había muchos barcos navegando en el lago, que, en cualquier momento, podían hundirse. Caroline, muy pálida, se pasó la lengua por los labios.

–Estás blanca como el papel.

–Sí, bueno...

–¿De verdad te asusta el agua?

–Sí, puede pasar cualquier cosa, sobre todo en algo tan frágil como un barco de vela.

–A uno puede pasarle cualquier cosa en cualquier sitio. Probablemente venir hasta aquí en coche sea más peligroso que navegar –Giancarlo abrió la puerta, bajó y fue a abrirle a ella–. Y tenías razón al decir que no se puede superar un miedo irracional si no te enfrentas a él –extendió la mano y, con el corazón latiéndole muy deprisa, Caroline la tomó. El tacto de sus dedos era cálido y acogedor.

–¿Cómo lo sabes? –preguntó ella con voz temblorosa mientras bajaba del coche–. Seguro que nada te ha dado miedo en tu vida.

–Me lo tomo como un cumplido –él siguió agarrándola de la mano mientras bajaban hacia el embarcadero.

Giancarlo creía que nunca llegaría el día en que no pensara en el trabajo. La incierta situación económica de su madre, cuyos detalles había conocido desde muy joven, a pesar de ser incapaz de entenderlos, había causado que conseguir dinero fuera su principal deseo. El hecho de que se le diera muy bien había contribuido a incrementar su ambición. Las mujeres aparecían y se marchaban, y así continuaría siendo, ya que sus padres constituían un triste ejemplo de lo que era la institución matrimonial, pero los retos laborales siempre continuarían.

Aunque en aquel momento parecían haberse retirado.

Y reconoció con dificultad una sensación infantil mientras su mano apretaba la de ella al acercarse al embarcadero.

–Confía en mí. El viaje valdrá la pena. No hay nada comparable a la libertad de navegar por un lago, y no es lo mismo que hacerlo en el mar. La orilla siempre se ve. Siempre podrás orientarte por el horizonte.

–¿Qué profundidad tiene?

–No pienses en eso. Dime por qué te asusta.

Caroline vaciló. A pesar de que no le caía bien, su invitación a confiar en él era irresistible. Y sus manos seguían unidas. Al darse cuenta, movió los dedos, lo que hizo que él la agarrara con más fuerza.

–¿Y bien?

–De niña me caí a un río. Debía de tener siete años. Fue durante las vacaciones de verano. Éramos cuatro niños. Nuestros padres nos habían organizado una merienda en el bosque.

–Qué idílico.

–Lo fue hasta que los cuatros nos fuimos a explorar. Estábamos cruzando un puente. El río no debía de tener más de un metro de profundidad y el puente era bajo y desvencijado. Jugábamos a lanzar una ramita por un lado del puente y a correr al otro para verla pasar flotando. Me caí de cabeza y me dio un ataque de pánico. A pesar de que sabía nadar para poder salir, fue como si me hubiera quedado en blanco. Sentía el agua en la boca y los hierbajos en la cara. Creía que me iba a ahogar. Todos gritaban. Las personas mayores llegaron corriendo y en unos segundos me sacaron. Estaba sana y salva, pero, a pesar de ello, desde entonces aborrezco el agua.

–Cuando tenía catorce años –afirmó él– intenté montar a caballo y me caí. Desde entonces me dan miedo los caballos.

–No es verdad –dijo ella sonriendo.

–Tienes razón. Pero es una posibilidad. No me he acercado a un caballo en mi vida, pero creo que me pondría a llorar de terror si lo hiciera.

Caroline se echó a reír. Se sentía más tranquila y apenas se dio cuenta de que Giancarlo estaba alquilando el barco mientras seguía hablándole en tono calmado y haciendo que sonriera. Estaba seguro de que los caballos le daban miedo. Lo hacían las arañas. Los pájaros le recordaban algunas películas de terror. Sabía que hubiera tenido fobia a los aviones si no hubiera conseguido superarla al poseer su propio helicóptero.

Giancarlo llevaba mucho tiempo sin dedicarle tantos esfuerzos a una mujer. Si una semana antes alguien se lo hubiera dicho, habría soltado una carcajada. Y, si esa misma persona le hubiera dicho que se quedaría en casa de su padre una semana, por obra de la misma mujer, que además carecía de tacto, habría pensado que había que internarla en un psiquiátrico.

Pero allí estaba: ayudando a subir al barco a una mujer a la que no le importaban en absoluto las tonterías que preocupaban a otras mujeres y contento de haber conseguido que se olvidara de su miedo al hacerla reír.

Giancarlo justificó su comportamiento poco habitual diciéndose que era una manera creativa de enfrentarse a la situación. Además, era refrescante relacionarse con una mujer que no despertaba su interés sexual. Le gustaban las mujeres rubias, altas y con ropa de modistos famosos. Y parecía que no tener que perseguir y conseguir a una mujer, lo que a veces le resultaba tedioso, podía ser muy agradable.

Consiguió que Caroline se montara en el barco sin darse cuenta. El balanceo de la embarcación reavivó el miedo de ella.

¿Sabía Giancarlo manejar aquel trasto?

Él contempló su rostro afligido, el pánico con que miró la orilla de la que se estaban alejando.

Y reaccionó siguiendo sus impulsos.

La besó. Le introdujo los dedos en el cabello y la atrajo hacia sí. El gusto de sus labios era el del néctar. Sintió que el cuerpo de ella se curvaba sobre el suyo y que sus senos se aplastaban contra su pecho.

La había pillado desprevenida, por lo que ella no opuso resistencia cuando el beso ganó en profundidad y en una exploración más íntima de su dulce boca. Se excitó rápida e intensamente y su autocontrol desapareció a tal velocidad que, por primera vez en su vida, se encontró a merced de sus sentidos.

Deseó quitarle la camiseta, arrancarle el sujetador, que no sería de encaje, sino una prenda ordinaria, nada sexy. Deseó perderse en sus senos generosos hasta verse libre de todo pensamiento.

Caroline, por su parte, estaba poseída por algo tan intenso que apenas podía respirar.

En su vida se había sentido así. El cuerpo se le derretía, los pezones se le habían endurecido, sentía calor y humedad entre las piernas...

Su cuerpo reaccionaba como nunca lo había hecho, lo cual la excitaba y aterrorizaba al mismo tiempo.

Cuando finalmente él se separó, ella se sintió perdida.

—Me has besado —susurró, todavía aferrada a su camisa y mirándolo con sus enormes ojos. Quería saber por qué, aunque ya sabía por qué ella había respondido.

A pesar de que desaprobaba todo lo que hacía y decía, sentía por él una atracción física irresistible. Se había dejado llevar y nada de lo que había experimentado previamente la había preparado para aquella intensidad. El deseo era algo que conocía por los libros, pero ya sabía, de primera mano, lo poderoso que era. ¿Sentiría él lo mismo? ¿Querría seguir besándola tanto como ella deseaba que lo hiciera?

Poco a poco se dio cuenta de dónde estaba y de que él, con una mano, había alejado expertamente el barco de la orilla y estaban navegando.

—Me has besado —repitió ella—. ¿Lo has hecho para que no me diera cuenta de que nos alejábamos de tierra firme?

¿Cómo demonios iba él a saberlo? Lo único que sabía era que había perdido el control. No se enorgullecía de ello, ni tampoco lo comprendía. Se recuperó de inmediato y retrocedió unos pasos, pero tuvo que apartar la mirada porque las mejillas encendidas de Caroline y su boca entreabierta seguían atrayéndola hacia ella.

—Ha funcionado, ¿no? —indicó la orilla con un gesto de la cabeza—. Ahora estás en el agua y no tienes miedo.

Capítulo 5

CAROLINE se quedó en el centro del barco toda la hora siguiente, sin mirar el agua, que le provocaba imágenes de personas ahogándose. Se dedicó a mirar a Giancarlo, lo cual era deliciosamente sencillo. Aunque llevara mucho tiempo sin navegar, recuperó con rapidez lo que había aprendido de niño.

—Es como montar en bicicleta. Cuando se ha aprendido nunca se olvida.

Caroline le miró las musculosas y bronceadas piernas. Como él solo pensaba quedarse un par de noches, había movido los hilos para que una tienda local abriera antes del horario habitual. A las ocho de esa mañana había ido en coche a la ciudad más cercana a comprar ropa, como los pantalones cortos de color caqui y la camisa prácticamente desabotonada que llevaba en aquel momento y que a ella le ofrecían una vista increíble de su cuerpo atlético.

Él le explicó cómo había aprendido a navegar. Siempre le había atraído el agua. A los cinco años tuvo su primera clase y, cuando se marchó del lago para siempre, podría haber pilotado su propio barco si hubiera tenido la edad legal.

Caroline asentía mientras pensaba en el beso que

le había dado. Nunca la habían besado así. Ninguno de sus dos novios la había hecho sentir que el suelo giraba bajo sus pies, que las reglas del espacio y el tiempo se habían modificado y había alcanzado otra dimensión. Se maravilló de que un rostro tan frío y bello pudiera despertarle deseo, ya que nunca se había sentido atraída por un hombre únicamente por su aspecto.

También le sorprendió la forma en que había reaccionado ante el beso, deseando que no se acabara a pesar de que no le cayera bien el hombre al que estaba besando.

–¿Eh? ¿Me escuchas?

–¿Qué? –Caroline se dio cuenta de que el barco estaba prácticamente parado.

–Si sigues en esa postura, se te van a agarrotar los músculos –le informó Giancarlo–. Levántate. Anda un poco.

–¿Y si desequilibro el barco y me caigo al agua?

–Te rescataré. Pero sería más fácil hacerlo si te quitaras la ropa y te quedaras en traje de baño. Lo llevas puesto, ¿verdad?

–Claro que sí.

–Entonces, venga –para animarla, se quitó la camisa.

Ella quiso decirle que mirara hacia otro lado, pero era una actitud infantil. Se dijo que se había puesto ese bañador cientos de veces. En verano iba a la playa con sus amigos y, aunque no se bañaba, tomaba el sol y nunca se había sentido avergonzada.

Se quitó rápidamente la ropa, la dobló y tomó la toalla que Giancarlo había metido en una bolsa impermeable. Dio unos pasos temerosos por el barco. La realidad era que se sentía mucho más tranquila que al montarse en él. Tenía demasiadas cosas en que pensar para preocuparse de sus miedos.

Al mirarla, Giancarlo experimentó un intenso deseo puramente sexual. Ella, de perfil, contemplaba el mar. Su cuerpo era el más voluptuoso que había visto en su vida, a pesar de que el bañador negro que llevaba era anticuado y le cubría buena parte del cuerpo. Tenía una figura perfecta, por la que cualquier hombre se volvería loco. Se había soltado el pelo, que le llegaba casi hasta la cintura.

Se dio cuenta de que le costaba respirar, y su excitación era tan intensa y evidente, que se dio la vuelta para sacar la otra toalla que había llevado, junto con bebidas, algo para picar y protector solar.

Se sentó en la toalla y ella se volvió hacia él. Giancarlo estuvo a punto de decirle que se tapara al ver sus senos, cuyo tamaño ni siquiera aquel bañador podía ocultar.

–No te he preguntado si estás casado –dijo ella de repente. Se le aproximó y extendió la toalla para sentarse a su lado.

–¿Parezco un hombre casado?

–No. Y sé que no llevas el anillo, pero muchos hombres detestan cualquier tipo de joya. A mi padre no le gustan.

–Ni estoy casado ni tengo intención de estarlo. ¿Por qué me miras así?

–Es que no entiendo cómo puedes estar tan seguro.

Él se tumbó con las manos detrás de la nuca.

—No me gusta hablar de mi vida privada.

—No te he pedido que me abras tu corazón. Era pura curiosidad —ella dobló las piernas y se las rodeó con los brazos—. Siempre estás en tensión.

—¿Yo? —la miró con incredulidad.

—Es como si te diera miedo dejarte llevar.

—¿Como si me diera miedo?

—No quiero ofenderte.

—Me sorprende la paciencia que tengo contigo. ¿Es que nunca piensas antes de hablar?

—No te hubiera dicho nada si me hubieras contestado, pero da igual.

Él lanzó un suspiro mientra ella se tumbaba y cerraba los ojos para disfrutar del sol.

—He comprobado que la institución del matrimonio no es de fiar —reconoció él de mala gana—. Y no me refiero únicamente al maravilloso ejemplo de mis padres. Las estadísticas demuestran que hay que ser idiota para creer en ella.

Caroline abrió los ojos, se incorporó apoyándose en un codo y lo contempló con incredulidad.

—Yo soy una de esos idiotas.

—No me sorprende.

—¿Con qué derecho me dices eso?

Él alzó las manos en señal de rendición.

—No quiero discutir contigo, Caroline. Hace un día magnífico y llevo sin navegar mucho tiempo. De hecho, estas son las primeras vacaciones que me tomo desde hace años. No quiero estropearlas —esperó durante unos segundos y sonrió—. ¿Es que no vas a contestarme?

—Detesto discutir.

–¿No me digas?

Pero siguió sonriéndole. Ella se había sonrojado, pero no podía dejar de mirarlo. De pronto, sin motivo alguno, le pareció que estaban a millones de kilómetros de la civilización y que solo existían ellos dos. En aquel momento, lo único que quería era que la volviera a besar.

–Vale, pero tienes que reconocer que me das muchos motivos para discutir.

–Lo reconozco.

El tono divertido de su voz hizo que ella se sonrojara todavía más. Tuvo que recordar todas las razones por las que no le gustaba Giancarlo. Odiaba discutir, pero, en aquel momento, le pareció la mejor solución ante las sensaciones que su cuerpo y su mente experimentaban.

–¿Y tienes novias? –le espetó.

–¿Que si tengo novias? –a Giancarlo le resultó increíble que ella continuara una conversación que él pensaba que se había acabado. Apoyada en el codo, parecía una obra maestra del erotismo. Y lo más fascinante de todo era que estaba seguro de que ella no tenía ni idea de su poder de atracción.

–Me refiero a si hay alguien especial en tu vida.

–¿Por qué lo preguntas?

–No quiero hablar de Alberto –le explicó ella. En realidad, el sórdido negocio entre Giancarlo y su padre parecía un problema lejano mientras se mecían en el barco, en medio de las plácidas aguas del lago.

–¿Y solo se te ocurre meter las narices donde no te llaman? –a pesar de que debería sentirse ofendido por cómo ella estaba sobrepasando los límites, se encogió de hombros–. No, no hay nadie especial en mi vida, como tú dices, en este momento. La última mujer especial se marchó hace dos meses.

–¿Cómo era?

–Dócil y poco exigente al principio. Algo menos después, hasta que decidí que lo dejáramos. Suele pasar.

–Supongo que la mayoría de las mujeres desea algo más que una aventura.

–Lo sé, y es un error decisivo –afirmó él, y saltándose todas las restricciones que se había impuesto le preguntó–: ¿Y tú? Ahora que hemos decidido aparcar nuestras discusiones sobre Alberto, dime por qué una joven como tú se siente tentada de pasar un periodo de tiempo indefinido en mitad de la nada, con la única compañía de un anciano. Y no me repitas esas tonterías de los paseos por el jardín y el trabajo con los libros antiguos. ¿Has venido a Italia huyendo de algo?

–¿Huyendo de qué? –preguntó Caroline perpleja.

–¿Quién sabe? Tal vez acabaras harta de la vida en el campo, o tal vez te relacionaras con alguien que no daba la talla. ¿Fue eso? ¿Hubo alguien que te partió el corazón y por eso escapaste para venir aquí? Tiene lógica. Hija única, padres que la adoran y esperan mucho de ella... ¿Decidiste rebelarte y buscaste al hombre equivocado?

–Qué locura.

–¿Lo es? Pues no me lo parece.

–No busqué al hombre equivocado –replicó ella nerviosamente–. No me atraen... Esta conversación es estúpida.

–De acuerdo, puede que no huyeras de una tórrida aventura con un hombre casado. Entonces, ¿qué? ¿Te acabaron cansando las gallinas, las ovejas y los bailes en el pueblo los viernes por la noche?

Caroline lo miró resentida.

–¿Y bien?

–¡Por Dios! Tal vez me aburriera un poco, ¿y qué? –jugueteó con el borde de la toalla y lo fulminó con la mirada–. Italia me pareció una idea brillante. Londres es demasiado caro. Se necesita tener un trabajo bien remunerado para poder pagar el alquiler, y no quería ir a ninguna otra gran ciudad. Cuando mi padre me sugirió que darle un repaso a mi italiano me sería útil para el currículum y que iba a ponerse en contacto con Alberto, no lo dudé. Y cuando llegué aquí, Alberto y yo conectamos inmediatamente.

–Entonces, ¿por qué esa mirada culpable cuando te he preguntado?

–Creo que mis padres esperaban que me quedara en el campo, que viviera cerca de ellos, que me casara con uno de los chicos de allí...

–¿Te lo dijeron?

–No, pero...

–Seguro que querían que volaras del nido.

–No, estamos muy unidos.

–Si hubieran querido retenerte, no te hubieran propuesto que te fueras a Italia –afirmó Giancarlo–. Hazme caso, no son tontos. Te han ayudado a encontrar tu propio espacio. Es una lástima.

–¿El qué?

–Ya me estaba gustando la idea del amante inadecuado.

Caroline se percató de lo cerca que estaban el
uno del otro y, al estar ella tumbada de costado se
sentía incluso más vulnerable a la mirada masculina. Se sentó y se tapó las piernas con la toalla.

–No me atraen los hombres inadecuados.

–¿Qué entiendes por «inadecuado»? –le preguntó
él mientras sacaba dos refrescos de la nevera portátil que había llevado.

Atrapada en una conversación que se estaba des-
controlando, Caroline lo miró confusa. Agarró la
lata que le tendía y se la pasó por las ardientes mejillas.

–¿Y bien?

–Me gustan los hombres amables y sensibles.

–Qué aburrido.

–No es aburrido que te gusten los hombres buenos, los que no van a fallarte.

–En ese caso, ¿dónde están esos hombres que no
te fallan?

–Ahora no tengo una relación con nadie, si eso
es lo que me preguntas –contestó ella con la esperanza de que él no detectara el nerviosismo de su
voz.

–Me imagino que los hombres buenos pueden
decepcionarte.

–Estoy segura de que algunas de tus antiguas novias no estarían de acuerdo.

Ella tenía las mejillas arreboladas y lo miraba a
los ojos de forma excitante. ¿Se había inclinado él

hacia ella? ¿O había sido ella la que había acortado la distancia entre ambos?

–Nunca he tenido quejas al respecto –murmuró él–. Es cierto que a algunas se les había metido en la cabeza que me podrían convencer de que la relación durara y que se sintieron decepcionadas cuando les aclaré las cosas, pero ¿quejas? ¿En el aspecto sexual? No. De hecho...

–No me interesa –le interrumpió ella en voz demasiado alta.

–Supongo que no has conocido a muchos sementales italianos –apuntó él. Se estaba divirtiendo mucho. Su estresante vida diaria había quedado abandonada en la orilla del lago Como. Estaba haciendo novillos y disfrutando cada minuto. Bajó la vista hacia los senos de Caroline. Aunque se hubiera tapado las piernas, no podía ocultar el resto de su cuerpo, ni él evitar admirarlo.

–No he venido aquí a conocerlos. No era ese mi objetivo.

–No, pero podía ser una agradable ventaja, a no ser que hayas dejado a alguien esperándote. ¿Hay algún chico que te espere? ¿Alguien que a tus padres les parezca muy bien? ¿Un granjero, tal vez?

Ella se preguntó por qué había elegido a un granjero. ¿Tal vez porque la consideraba una chica a la que le gustaba estar al aire libre, sana y robusta, de mejillas sonrosadas y mucho apetito? ¿Una clase de chica a la que él nunca hubiera besado a no ser por obligación, para distraerla y que no hiciera el ridículo sufriendo un ataque de pánico al montarse en un barco?

Se levantó, se acercó a la barandilla del barco y miró el lago.

La orilla estaba lejos, pero no tuvo miedo. Parecía que su miedo irracional al agua se había evaporado sin más ni más. No había espacio para esa estúpida fobia cuando Giancarlo había despertado todos sus sentidos. Y, a pesar de que le crispaba los nervios, su presencia le resultaba tranquilizadora. ¿Cómo era posible?

Se dio cuenta de que él estaba detrás de ella, por lo que se volvió rápidamente y apoyó la cintura en al barandilla.

—Esto es precioso y muy tranquilo. ¿No lo echas de menos? Sé que Milán es una ciudad comercial y bulliciosa, pero te criaste aquí. ¿No echas de menos la tranquilidad de los espacios abiertos?

—Creo que me confundes con uno de esos tipos sensibles que dices que te gustan —murmuró él. Se agarró a la barandilla con ambas manos dejando a Caroline en medio, asfixiándola con un abrazo que no era físico, con su cuerpo a unos centímetros del de ella.

—No me gusta la nostalgia. Además, no hay muchas cosas que me la puedan hacer sentir.

Le sonrió y una ola de calor invadió el cuerpo de Caroline. Apenas podía respirar. Se miraron a los ojos y ella comenzó a marearse ante la intensidad de su mirada.

No se dio cuenta de que había entrecerrado los ojos y entreabierto los labios.

Pero él sí se percató. El olor del deseo le ensanchó las aletas de la nariz. El cuerpo sexy de ella, unido a sus grandes ojos inocentes, le había producido una reacción en cadena que no podía controlar.

–Y cuando quiero huir de todo, me refugio en mi casa de la costa –de pronto se le ocurrió que le gustaría llevarla, algo que nunca había pensado con respecto a otra mujer. Era su territorio, su refugio privado de los problemas de la vida cotidiana, que siempre estaba listo esperándolo en las contadas ocasiones en que necesitaba usarlo.

–Tienes un pelo asombroso –tomó un mechón entre sus dedos.

Caroline tuvo la certeza de que la iba a besar. No sabía que pudiera desear algo con tanta intensidad. Alzó la mano y le introdujo los dedos en el pelo fino y oscuro.

Giancarlo ahogó un gemido y se perdió en un beso apasionado. Su lengua se unió a la de ella mientras le acariciaba la espalda con manos ávidas e impacientes.

Cuando, al inclinarse Caroline hacia él, sus senos lo empujaron, explotó de deseo y le bajó los tirantes del bañador a toda prisa. Cuando sus pechos derramaron su gloriosa abundancia tuvo que controlar la salvaje reacción de su masculinidad.

–¡Qué hermosa eres!

Caroline no se consideraba hermosa. Tal vez, razonablemente atractiva. Pero ¿hermosa?

Sin embargo, en aquel momento, al mirarlo con ojos enfebrecidos, creyó lo que le decía, se sintió dominada por la temeridad más absoluta y quiso regodearse en su admiración.

Él le miró los pezones y estos se le endurecieron

de deseo. La capacidad de razonar la abandonó y gimió y arqueó la espalda cuando él le puso las manos en los senos, masajeándolos, alzándolos para observar mejor los pezones. Ella cerró los ojos y extendió los brazos sobre la barandilla.

Era la representación de una erótica diosa de la abundancia. Giancarlo bajó la cabeza y tomó con los labios uno de los sonrosados pezones, que ya se le había rendido.

Ella le agarró el cabello. Se sentía como una muñeca de trapo y creyó que iba a caerse cuando él le siguió acariciando los senos y chupando los pezones, introduciéndoselos en la boca para juguetear con la punta de los mismos con la lengua.

Caroline se sintió poderosa y dócil a la vez.

Cuando él le puso la mano en el muslo estuvo a punto de desmayarse. Le fue bajando el bañador mientras la besaba cada centímetro de piel que quedaba al descubierto. La palidez del estómago femenino contrastaba fuertemente con el tono dorado de otras zonas de su cuerpo que habían estado expuestas al sol durante el verano.

Giancarlo se dio cuenta de que eso le gustaba. Era un cuerpo de verdad, el de una mujer viva, a diferencia del de las mujeres, perfectas como estatuas y bronceadas todas por igual, a las que estaba acostumbrado. Se irguió, colocó una pierna entre los muslos femeninos y comenzó a moverla lenta e insistentemente, lo que hizo que el barco se balanceara un poco. Caroline no se dio cuenta, ya que estaba en otro mundo y experimentaba sensaciones nuevas y maravillosas.

Volvió a la realidad bruscamente al oír el sonido de una motora. Lanzó un grito ahogado al ver el estado de semidesnudez en que se hallaba. Se sintió avergonzada porque su cuerpo se había declarado en rebeldía, había desobedecido todas las reglas del instinto de conservación y había flirteado con una situación claramente peligrosa.

Forcejeó para liberarse y el barco comenzó a balancearse, lo que hizo que perdiera el equilibrio.

–¿Qué demonios haces? Vas a conseguir que volquemos. Estate quieta.

Giancarlo trató de sostenerla con los brazos mientras ella intentaba frenéticamente subirse el bañador y ocultar el vergonzoso espectáculo de su desnudez.

–¿Cómo te has atrevido? –temblaba como una hoja mientras volvía al centro del barco.

Lo miró con ojos acusadores y Giancarlo, al que ninguna mujer había rechazado en su vida, se pasó la mano por el cabello con impaciencia.

–¿Cómo me he atrevido a qué?

–¡Lo sabes perfectamente!

Él dio unos pasos hacia ella y se indignó al ver que ella retrocedía. ¿Le resultaba amenazador?

–Lo que sé es que lo deseabas, y no sirve de nada que ahora te comportes como una virtuosa doncella cuya virginidad ha sido mancillada. Prácticamente te has lanzado sobre mí.

–No lo he hecho –susurró ella, consternada porque lo había hecho y no entendía el motivo. Giancarlo negó con la cabeza con una expresión de incredulidad tal que ella tuvo que apartar la mirada.

Cuando volvió a mirarlo, estaba preparándose para volver a tierra. Parecía muy enfadado.

Caroline carraspeó. No serviría de nada dejar que la situación se pudriera a causa del silencio. Tenía que decir algo.

–Perdona. Sé que en parte ha sido culpa mía.

Giancarlo se volvió hacia ella con el ceño fruncido.

–Eres muy amable al dejar de acusarme de que pensaba aprovecharme de ti.

–Sé que no era tu intención. Mira... No sé lo que me ha pasado. ¡Ni siquiera me gustas! Desapruebo todo lo referente a ti.

–¿Todo? No exageres, no vaya a ser que tengas que retractarte.

Giancarlo estaba furioso por el inexplicable rechazo de ella, cuando era evidente que lo deseaba tanto como él, y aún más furioso por ser incapaz de mirarla por miedo a que el deseo volviera a apoderarse de él.

–Me pillaste desprevenida.

–¿Volvemos a lo mismo? Soy un seductor y tú una frágil florecilla.

–Es el calor –replicó ella, cada vez más desesperada–. Y la situación. Nunca había estado así, en medio del agua. Todo junto me ha superado. Es imposible que me sienta atraída por ti. No nos llevamos bien y me parece mal la razón por la que has venido a ver a Alberto. El dinero me da igual, y no me impresionan los que creen que ganarlo es lo más importante del mundo. Además, no me gustan los tipos que no se comprometen. No los respeto.

–A pesar de todo, no has podido resistirte a mí. ¿Qué crees que indica eso?

–Es lo que trato de decirte: ¡no indica nada!

Giancarlo percibió el horror en su voz y no supo cómo reaccionar. Le hubiera hecho el amor allí mismo, y no conseguía pensar en ninguna mujer a la que no le hubiera encantado dicha posibilidad. Se sintió insultado.

–Estarás de acuerdo en que debemos olvidar este desgraciado incidente y fingir que no ha ocurrido.

–Te sientes atraída por mí, Caroline.

–No. ¿No me has oído? Me he dejado llevar porque estoy en un barco. No me gustan los hombres como tú. Supongo que te resultará ofensivo, pero es la verdad.

–Te atraigo, y cuanto antes lo aceptes, mejor será.

–¿Y de dónde te sacas eso?

–Te has pasado la vida creyendo que tu hombre ideal era el chico al que le gusta ir al baile del pueblo los sábados y cuya máxima ambición es tener tres hijos y vivir en un adosado en la misma calle que tus padres. Del mismo modo que tratabas de convencerte de que vivir en el campo era lo que querías. Pues estabas equivocada en ambas cosas. La cabeza te dice lo que deberías desear, pero aquí estoy, y no puedes controlarte. No te preocupes porque, aunque parezca increíble, a mí me pasa lo mismo.

Caroline palideció ante el brutal resumen de todo aquello a lo que no quería enfrentarse. Su conducta carecía de sentido. Giancarlo no le gustaba en absoluto, pero había sucumbido a él a toda velocidad.

Era puro y simple deseo, y él quería que lo confesara porque tenía un ego como una catedral y no le importaba que lo hubiera rechazado. ¿Creía haberla halagado al decirle que, aunque pareciera increíble, lo atraía? ¿Creía de verdad que era un cumplido ser una novedad durante cinco minutos para alguien que después volvería con la clase de mujeres que le gustaba?

Las señales de alarma comenzaron a sonarle en el cerebro con tanta intensidad que hubiera sido de idiotas no hacerles caso.

Él la miró y se percató de cómo ella asimilaba lenta y dolorosamente la verdad. Nunca había soportado a las mujeres que parecían dispuestas y acababan echándose para atrás. Le daban demasiado trabajo. En cambio, Caroline...

–Muy bien –dijo ella atropelladamente mientras mantenía la vista fija en la orilla–.Tienes razón, me resultas atractivo. ¿Estás satisfecho? Pero me alegro de que me hayas obligado a confesártelo porque solo se trata de deseo, y el deseo carece de significado, al menos para mí. Así que ya está dicho. Y ahora podemos olvidarlo.

Capítulo 6

VOLVIERON a la mansión pasadas las cinco. La excursión había durado mucho más de lo que ella esperaba y, además, a pesar de lo mal que había acabado, Giancarlo había insistido en parar en algún sitio a comer.

Para colmo, había hablado con ella como si nada hubiera pasado. Le indicó varios lugares de interés turístico y le dio una charla informativa sobre el castillo Vezio.

Ella solo quería irse a casa. Estaba confusa y presa de una gran agitación. Mientras él hablaba, gesticulando de manera muy italiana, ella le observaba las manos. Se mareó al pensar que le habían acariciado el cuerpo desnudo. Miró su sensual boca y recordó todos los detalles de sus labios en sus senos chupándole los pezones hasta casi hacerla gritar de placer.

¿Cómo iba a reírse y charlar como si nada hubiera sucedido?

Y, sin embargo, ¿no era precisamente eso lo que deseaba, lo que le había dicho que hicieran: fingir que nada había pasado y olvidarlo?

Detestaba que él pudiera quebrar su silencio y

hacerla sonreír con lo que decía. Era evidente que solo a ella le había afectado lo sucedido en el lago.

–Gracias por la excursión –dijo ella cortésmente mientras abría la puerta del coche, casi antes de que él parara el motor.

–¿Por qué parte de ella me das las gracias? –la miró con ojos brillantes y ella se ruborizó.

Era el vivo retrato de una mujer que no veía el momento de escapar de su compañía. De hecho lo había estado soportando educadamente durante una prolongada comida con el estoicismo de alguien obligado a padecer un castigo cruel. Él, perversamente, cuanta más expresión de sufrimiento veía en su rostro, más intentaba borrarla. Había conseguido hacerla reír de vez en cuando, a pesar de que estaba claro que lo hacía contra su voluntad.

No entendía cómo reaccionaba ante ella de aquel modo.

Caroline le había dejado muy claro por qué no podía atraerla un hombre como él; todo mentira, por supuesto, como se había demostrado. Pero había algo en lo que tenía razón. ¿Qué tenían los dos en común? Ella era directa, sencilla y carente de artimañas femeninas; es decir, que no se parecía en nada a las mujeres que él frecuentaba. Pero lo excitaba.

¿Qué le sucedía? ¿Tenía un ego tan desmesurado que no soportaba la idea de desear a una mujer y no verse satisfecho inmediatamente? No era de naturaleza reflexiva ni dado a la introspección, así que apartó rápidamente esos pensamientos de su mente.

Trató de centrarse en la situación real en que se

hallaba, de vuelta al pasado por circunstancias que no había previsto. Aunque se había impuesto una misión, había acabado reconociendo que debía llevarla a cabo con cierta sutileza.

Mientras tanto se hallaba en compañía de una mujer que poseía la habilidad de hacerle perder el control. Y constató que se hallaba en la situación, nueva para él, de desearla con todas sus fuerzas y de estar dispuesto a hacer cualquier cosa para conseguirla. Le frustraba saber que ella también lo deseaba, pero que no estaba dispuesta a mojarse. ¡Por Dios! ¡Si ambos eran adultos!

—No he visitado los alrededores todo lo que hubiera querido —contestó ella sin mirarlo—. Tengo carné de conducir y Alberto me ha dicho que puedo usar su coche, pero solo he estado en el pueblo de al lado.

Giancarlo le sonrió mientras apretaba los dientes. Le hubiera gustado girarle la cara y obligarla a mirarlo a los ojos. Le ponía nervioso su vacilación, como si esperara que le diera permiso para marcharse.

También detestaba excitarse al verla, al contemplar sus curvas ultrafemeninas y su boca haciendo mohines. Quería atraerla hacia sí y besarla hasta que se le rindiera, hasta que le suplicara que la hiciera suya. Estuvo a punto de reírse ante aquel papel de hombre de las cavernas, tan alejado de su conducta normalmente educada.

—Podemos recorrer los alrededores cuando quieras —afirmó él, y ella lo miró contra su voluntad.

—Muchas gracias, pero dudo de que se presente otra ocasión. No te vas a quedar mucho y yo mañana volveré a mi rutina habitual con Alberto. ¿Necesitas que te ayude a meter las cosas? Tengo calor y me siento pegajosa. Estoy deseando ducharme.

–Pues ve. Ya meteré yo las cosas.

Ella se marchó a toda prisa con la esperanza de encerrarse en su habitación. Pero, al abrir la puerta principal, se encontró con Alberto y Tessa que salían de la cocina discutiendo.

–Llevas mucho tiempo fuera –le dijo el anciano–. ¿Qué has estado haciendo?

–Déjala en paz, Alberto. No es asunto tuyo.

–No he hecho nada –Caroline se dirigió a ambos alzando la voz–. Quiero decir que hemos hecho una bonita excursión.

–¿Habéis ido navegar? Estoy seguro de que mi hijo te habrá quitado el miedo al agua.

–Parece que no le tenía tanto como pensaba. Ya sabes que era un trauma infantil. Pero estoy acalorada y pegajosa. ¿Vas a sentarte en el salón, Alberto? Me reuniré contigo en cuanto me duche.

–¿Dónde está Giancarlo?

–Sacando las cosas del coche.

–Entonces, os lleváis bien, ¿verdad? No estaba seguro de que fuera a ser así, porque sois de carácter muy distinto, pero ya sabes lo que dicen de que los contrarios se atraen –la miró con ojos inquisitivos mientras Tessa alzaba la vista al techo para después mirar a Caroline como si quisiera decirle: «No le hagas caso. Tiene ganas de jugar».

–Tu hijo no me atrae en absoluto –Caroline se sintió obligada a dejarle las cosas claras–. Tienes toda la razón: somos totalmente diferentes. De hecho, me sorprende haberlo podio aguantar todo el día. Supongo que estaba tan preocupada con el barco y el agua que apenas he reparado en él.

No se dio cuenta de que Giancarlo estaba detrás de ella, y cuando él habló se le puso la piel de gallina.

–Bueno, bueno, tampoco ha estado tan mal, ¿no, Caroline?

El modo en que pronunció su nombre fue como una caricia. Alberto los miraba sin ocultar su interés. Ella decidió que tenía que poner fin a aquello inmediatamente.

–No he dicho que lo estuviera. He pasado un día estupendo. Ahora, si me perdonáis... –antes de subir las escaleras le dijo a Tessa–: Esta noche cenarás con nosotros, ¿verdad?

Pero Tessa iba a ver a su hermana y volvería tarde, a tiempo para darle las medicinas a Alberto. Este le dijo que cada día se encontraba mejor y que iba a preguntar al médico si podía dejar de tomarlas.

–Y entonces, mi querida bruja, volverás al hospital, a torturar a algún otro desgraciado. Me echarás de menos, pero ni se te ocurra pensar que el sentimiento será recíproco.

Caroline los dejó hablando y subió las escaleras a toda prisa.

Se dio un largo baño y eligió con cuidado la ropa que iba a ponerse. Todas las prendas le parecían demasiado expuestas: las camisetas se le ceñían a los pechos; los pantalones, a la piernas; las blusas tenían demasiado escote; y con las faldas se imaginaba lo fácil que le resultaría a Giancarlo ponerle las manos en los muslos.

Al final decidió ponerse unos leggings y una blusa negra, propia de una matrona.

Alberto y su hijo estaban en el salón y la recibieron en un tenso silencio.

El anciano se hallaba junto a la ventana, como era habitual, y Giancarlo se tomaba un vaso de whisky.

Ante aquel ambiente incómodo, ella dudó antes de entrar, hasta que Alberto, impaciente, le hizo un gesto para que pasara.

—No me apetece ir al comedor esta noche —dijo mientras indicaba una bandeja de aperitivos que tenía al lado—. He pedido que nos trajeran algo para picar. ¡Por Dios, deja de estar ahí de pie como un espectro y sírvete algo de beber!

Caroline miró a Giancarlo. Tenía las piernas extendidas y cruzadas. Parecía totalmente relajado, pero su amenazadora inmovilidad la puso nerviosa.

Y se puso todavía más cuando Alberto afirmó en tono burlón:

—Mi hijo y yo estábamos hablando de cómo está el mundo y, en concreto, de cómo está el mío. Sobre todo el de mis asuntos financieros.

Giancarlo la miró con interés para ver cómo reaccionaba.

—Estás sofocado, Alberto —observó ella con preocupación—. Tal vez no sea el momento adecuado para...

—No hay momento adecuado para hablar de dinero, querida. Pero podemos seguir hablando después, ¿te parece, hijo mío? —hizo un gesto impaciente para que Caroline le acercara la bandeja.

Así que ya estaba, pensó Caroline. Giancarlo se

había cansado de andarse con rodeos. Tal vez el hecho de haberlo rechazado hubiera acelerado su deseo de marcharse y él hubiera decidido que había llegado el momento de lograr lo que se había propuesto desde el principio. El rostro sofocado de Alberto y el frío silencio de su hijo eran suficientemente explícitos.

Se sintió amargamente decepcionada. Había tenido la esperanza de que Giancarlo olvidara su estúpido deseo de venganza. Había visto que era un hombre más complejo de lo que aparentaba bajo la fachada y había esperado más de él. Había sido una estúpida.

Se sentó al lado de la chimenea, desde donde podía observar a los dos hombres y la tensión que había entre ellos, a pesar de que no volvieron a mencionar el dinero.

Hablaron de la excursión en barco. Alberto preguntó a su hijo cómo se había sentido al volver a navegar. Este le respondió que había sido un placer al que no estaba acostumbrado, ya que, de niño en Milán, no había podido permitirse el lujo de hacerlo, pues tenían el dinero racionado. Preguntó a su padre por la casa y le dijo que era necesario ocuparse de su mantenimiento, porque las viejas propiedades tendían a caerse a pedazos si no se hacía. Pero para ello se necesitaba dinero.

Al cabo de hora y media, Caroline no pudo soportar más aquella situación entre las dos personas, una de las cuales había declarado la guerra a la otra. Se puso de pie, dijo que Tessa volvería pronto y bostezó. Se obligó a sonreír mientras recomendaba a

Alberto que no se quedara levantado hasta muy tarde. No miró a Giancarlo.

–¿Por qué no subes ya conmigo? –le preguntó al anciano.

–Mi hijo y yo tenemos que hablar. Sé que hay algunas cosas que hay que solucionar, y podríamos hacerlo ahora. Nunca me ha asustado la verdad –se dirigía a Caroline pero miraba a Giancarlo–. Es mejor que salga a la luz y no dejar que se pudra.

Ella vaciló mientras trataba de que se le ocurriera algo que evitara el enfrentamiento que estaba a punto de producirse y que Giancarlo llevaba esperando buena parte de su vida y estaba dispuesto a ganar a cualquier precio. Pero tuvo que retirarse. La casa era tan grande que no oiría sus voces ni si Tessa volvía para rescatar a Alberto de su hijo.

Se durmió inquieta y se despertó sobresaltada. Tardó unos segundos en adaptarse a la oscuridad y en recordar lo que le había preocupado antes de caer dormida: Alberto y Giancarlo.

Lanzó un gemido, se levantó y se puso la bata con la intención de bajar, sin saber con lo que se iba a encontrar.

El dormitorio de Alberto estaba al final del pasillo. Vaciló antes de bajar las escaleras y se sintió tentada de ir a ver cómo estaba. Pero decidió bajar primero a comprobar que su hijo y él no seguían enzarzados en una amarga pelea. La verdad podía tardar horas en salir a la luz y era evidente que supondría una derrota para Alberto, que debería poner su destino en manos de Giancarlo.

Llegó al salón y vio que había luz por debajo de

la puerta cerrada. Aunque no se oían voces, supuso que ambos seguirían allí. Abrió la puerta.

Sentado en la silla, con la cabeza hacia atrás, los ojos cerrados y un vaso en la mano, Giancarlo estaba guapísimo y, por una vez, no parecía hallarse en plena forma. Estaba despeinado como si se hubiera pasado repetidamente las manos por el cabello y parecía agotado.

Ella no había hecho ruido, pero él abrió los ojos inmediatamente, aunque tardó unos segundos en mirarla.

–¿Dónde está Alberto?

Él removió el líquido del vaso sin contestar y después se lo bebió de un trago sin apartar la vista del rostro de ella.

–¿Cuánto has bebido, Giancarlo? –se le acercó–. Tienes un aspecto horrible.

–Me encantan las mujeres que dicen la verdad.

–No me has dicho dónde está Alberto.

–Te aseguro que no está escondido aquí. Solo estoy yo para disfrutar del placer de tu compañía.

Caroline consiguió quitarle el vaso de la mano.

–Tienes que dejar de beber.

–¿Por qué? ¿Hay alguna ley en esta casa que prohíba tomar alcohol después de determinada hora?

–Espérame aquí. Voy a preparar café.

–Te lo prometo. No pienso irme a ningún sitio.

Ella fue a la cocina. Apenas pudo contener los nervios mientras esperaba que el café estuviera listo. Al volver al salón con una bandeja en la que llevaba la cafetera y tostadas con mantequilla, casi estaba segura de que Giancarlo habría desaparecido.

Pero seguía allí. Había vuelto a llenarse el vaso, y ella se lo quitó con suavidad, dejó la bandeja en la mesa que había al lado y acercó un taburete para sentarse.

—¿Qué haces aquí? ¿Has bajado a comprobar que todavía no nos hemos batido en duelo?

—Tienes que comer algo, Giancarlo —le dio una tostada y él la hizo girar entre sus dedos mientras la examinaba como si fuera la primera que veía en su vida.

—Eres muy amable, Caroline. Supongo que te lo habrán dicho muchas veces, pero no consigo imaginarme a otra mujeres preparándome café con tostadas porque creen que he bebido mucho. Aunque nunca bebo mucho, sobre todo si estoy en compañía de una mujer —mordió la tostada y miró a Caroline.

—Entonces, ¿qué ha pasado? No quiero meterme donde no me llaman, pero...

—Claro que quieres —entrecerró los ojos, le indicó que quería otra tostada y tomó un sorbo de café—. Te importa mucho la salud de mi padre.

—Podemos hablar por la mañana cuando estés más despejado.

—He cometido un error.

—Ya lo sé. Es lo que la gente dice cuando ha bebido mucho, y promete que no volverá a suceder.

—No me entiendes. He cometido un error. He metido la pata.

—No sé de qué me hablas.

—¿Cómo vas a saberlo? En pocas palabras: tú tenías razón y yo estaba equivocado —se frotó los ojos, suspiró, trató de levantarse y se dio cuenta de que no podía–. Había venido aquí a dejar las cosas claras. Pues resulta que el invencible Giancarlo no conocía los hechos.

–¿A qué te refieres?

–Me hicieron creer que Alberto era un exmarido resentido que se había asegurado de que mi madre recibiera lo mínimo en el acuerdo de divorcio. Me hicieron creer que era un monstruo que había huido ante una situación difícil y había castigado a mi madre por pensar por su cuenta. ¡Me contaron toda una serie de verdades a medias! Creo que otro vaso de whisky me vendría bien.

–No

–Me dijiste que podía haber otra versión de la historia.

–Siempre la hay –Caroline lo compadeció. Al no estar acostumbrado a enfrentarse a problemas emocionales, había recurrido a la bebida para librarse de ellos. Deseó con todas sus fuerzas acariciarle su hermoso rostro.

–Mi madre había tenido relaciones con otros hombres. Cuando el matrimonio se deshizo, estaba con un hombre que resultó ser un estafador. Mi padre dio mucho dinero a mi madre en el acuerdo de divorcio, que ella entregó a un tal Bertoldo Monti, el cual la había convencido de que triplicaría la cantidad. Se quedó con el dinero y desapareció. Alberto me ha enseñado todos los documentos, las cartas de mi madre suplicándole que le diera más dinero. El siguió manteniéndola y, a cambio, ella se negó a dejarle que me viera diciéndole que yo no quería. Mi padre ha guardado las cartas que me envió y que le devolvieron sin abrir. Las ha guardado todas.

Tenía la voz ronca de emoción. A Caroline se le llenaron los ojos de lágrimas y parpadeó con fuerza para no verterlas, ya que lo último que un hombre tan orgulloso como Giancarlo desearía sería que alguien le demostrara compasión. Y menos en aquel momento, cuando se le habían abierto los ojos a una verdad inesperada.

–Supongo que el único motivo por el que recibí una buena educación académica fue porque el dinero se pagaba directamente a la escuela. Era una de las cosas básicas que Alberto se aseguró de que quedaran cubiertas. Es indudable que mi madre, si hubiera dispuesto de él, se lo hubiera gastado o lo hubiera entregado a alguno de sus amantes.

–Estoy segura de que ella no creía estar obrando mal.

–Ya salió la optimista irredenta –se echó a reír con brusquedad–. Parece que mi padre es como tú. Me preguntaba qué tenías en común con él. Alberto era un anciano amargado y retorcido, sin tiempo para nadie salvo para sí mismo. Tú eras joven e inocente. Pero parece que tenéis más en común de lo que suponía. También él me ha dicho lo mismo, que mi madre era desgraciada. Él trabajaba mucho y ella se aburría. Mi padre tenía remordimientos por no estar lo suficiente en casa para relacionarse conmigo, y ella se aprovechó de eso. Se aprovechó de su orgullo y lo amenazó con airear los trapos sucios si pedía la custodia. Lo convenció de que había fracasado como padre y que no tenía sentido que me visitara. Yo fui su as en la manga y me usó para vengarse de Alberto.

—¡Por Dios! ¿Sabes que cuando ella murió Alberto pidió verme por medio de su abogado y lo rechacé? Ella se portó mal, pero la verdad es que era una simple camarera que se encontró en medio de estilo de vida que no conocía y en el que no estaba a gusto. Todo ha sido un desastre, y sigue siéndolo. Alberto desconocía el alcance de sus pérdidas financieras. Lleva diez años fiándose del contable de la empresa, y este le ha ocultado la verdadera naturaleza de la situación.

—No te eches la culpa, Giancarlo. Cuando te marchaste de aquí eras un niño. No sabías que las cosas no eran lo que parecían. ¿Alberto ha reaccionado bien cuando se lo has dicho? Supongo que, en cierto modo, es bueno que hayas venido a decírselo, porque, en caso contrario, ninguno de esos secretos hubiera salido a la luz. Es un anciano. Y es mejor para los dos haber llegado a un punto en que podáis empezar de nuevo, aunque hayáis tenido que pagar un precio muy alto.

Alberto le sonrió.

—Supongo que es una forma optimista de verlo.

—Y aunque sé que la situación entre vosotros no ha sido ideal, con respecto a Alberto y el dinero hubiera sido mucho peor que un desconocido le informara de que había perdido el producto de toda una vida de trabajo.

Él cerró los ojos durante unos instantes en los que ella contempló sus rasgos con admiración. Tuvo una extraña sensación al verlo así, tan vulnerable y herido, pero brutalmente sincero consigo mismo. Le pareció que conectaba con él de un modo que la asustaba y excitaba a la vez.

Se le aceleró el pulso.

¿Se estaría enamorando de él? ¡Imposible! Sería una locura hacerlo, y ella no estaba loca. Pero la había hecho sentirse viva, se le habían expandido los sentidos y las emociones de un modo nuevo y peligroso, pero maravilloso al mismo tiempo.

—Tal como están las cosas, hace tiempo que ha vencido el plazo de una reparación. No culpo a mi madre por lo que hizo. Era como era, y debo aceptar mi parte de responsabilidad por no preguntarle cuando tuve edad suficiente para hacerlo –alzó la mano como para evitar que ella le respondiera, pero lo último que Caroline pensaba hacer era discutir con él. Lo más importante era que ordenara sus pensamientos.

—Muy bien –afirmó ella asintiendo.

Observó que, a pesar de que había bebido, conservaba todas sus facultades y podía manifestar lo que pensaba mejor que mucha gente sobria. Era implacable con los demás si no satisfacían sus expectativas, pero lo era también consigo mismo, lo cual indicaba una gran honradez y sentido de la justicia. Si a eso se añadía su belleza, no era de extrañar que a ella se le hubiera ido la cabeza. Pero esa reacción no había que confundirla con el amor.

—Lo menos que puedo hacer –murmuró él en un tono tan bajo que ella tuvo que esforzarse para oírlo–, y ya se lo he dicho a Alberto, es meter gente en la empresa para que la saneen. Cueste lo que cueste, se le devolverá su antiguo esplendor, y una inyección de sangre fresca asegurará que no se pierda después. Y no me quedaré con ella. Mi padre seguirá siendo el dueño; y también de la casa, que pienso restaurar.

Caroline sonrió sin reservas.

–Me alegro mucho, Giancarlo.

–¿No vas a decirme: «Te lo dije»?

–Nunca te diría algo así.

–Me parece que te creo.

–Estoy contenta de haber bajado –le confesó ella–. He tardado mucho en dormirme, me he despertado y quería saber si todo iba bien, pero no sabía qué hacer.

–¿Me creerás si te digo que me alegro de que hayas bajado?

Caroline contuvo la respiración. Giancarlo la miró intensamente y ella no pudo apartar los ojos de su rostro. Sin darse cuenta, se inclinó hacia él como una flor hacia la luz y el calor.

–¿En serio?

–En serio. No soy de los que piensan que analizar los sentimientos sirva para algo, pero sabes escuchar.

Caroline se ruborizó de placer.

–Además, el alcohol disminuye las inhibiciones –observó.

–Es verdad.

–¿Y ahora? –preguntó ella sin aliento. Pensó que se iba a marchar y sintió que el suelo se abría bajo sus pies–. ¿Te irás pronto?

–Por una vez, el trabajo tendrá que esperar. Tengo una casa en la costa.

–Ya me lo habías dicho.

–Un cambio de ambiente puede obrar milagros en Alberto y nos dará tiempo para olvidarnos verdaderamente del pasado.

–¿Y yo me quedaré aquí cuidando la casa?

–¿Es eso lo que quieres?

–No. Tengo que estar con Alberto. Forma parte de mi trabajo asegurarme de que esté bien.

Se hizo un silencio. Y ella revivió imágenes de los dos juntos en el barco. Fue incapaz de pronunciar palabra. Y a penas se dio cuenta de que lo miraba descaradamente, de un modo muy poco educado.

Y, como si no fuera su cuerpo el que actuara, con la mano trazó el contorno de su rostro, sin tocarlo.

–No me toques, Caroline –su mirada seguía siendo intensa–, a no ser que estés dispuesta a atenerte a las consecuencias. ¿Lo estás?

Capítulo 7

CAROLINE se apoyó en un codo y miró a Giancarlo, que dormitaba. Debido a la pasión del amor, las sábanas formaban una masa arrugada. A la luz de la luna, los miembros masculinos en reposo eran como los de una estatua caída perfectamente esculpida.

Ardía en deseos de acariciarlos. De hecho, sentía entre los muslos una palpitación reveladora y una humedad que ansiaban la caricia de su boca y de sus manos .

Casi dos semanas antes, él le había preguntado si estaba dispuesta a atenerse a las consecuencias. ¡Sí! No había tenido que pensárselo.

Esa primera vez, y le parecía que habían pasado un millón de años desde entonces, no habían hecho el amor, o no completamente, porque él era muy escrupuloso en cuanto a la anticoncepción. Se habían acariciado, y ella nunca hubiera imaginado que acariciarse fuera tan fantástico. Él le lamió cada centímetro de la piel hasta que ella estuvo a punto de desmayarse.

Para ella ya no hubo vuelta atrás.

Los pocos días que Giancarlo había planeado estar de visita se convirtieron en dos semanas, y allí seguía, ya que se había impuesto la tarea de controlar los cambios fundamentales que había que realizar en la empresa de Alberto. Un grupo de trabajadores de su confianza había llegado para obrar el milagro. Se alojaba en un hotel de la vecindad mientras Giancarlo seguía en la mansión y se dedicaba a retomar una relación borrada por el tiempo. Buena parte del día estaba fuera y volvía a última hora de la tarde para seguir una especie de rutina.

Alberto siempre estaba en su silla preferida en el salón. Giancarlo se tomaba algo de beber con él mientras Caroline, en el piso superior, se preparaba con el corazón latiéndole a toda prisa para verlo por primera vez en el día.

Alberto no sospechaba nada. Ella era de natural abierto y sincero, y se sentía culpable por tener que ocultar la relación que mantenía con Giancarlo. El hecho de las extrañas circunstancias en que se habían conocido y de que, de no haber sido por ellas, sus caminos nunca se hubieran cruzado, era una realidad inquietante que siempre tenía presente, aunque prefería no reflexionar sobre ella. ¿Con qué fin? Desde el momento en que ella había cerrado los ojos y le había ofrecido sus labios a Giancarlo, no había habido vuelta atrás.

Así que, por la noche, cuando Alberto se había dormido, ella se deslizaba hasta la habitación de su hijo, o este iba a la de ella. Hablaban en voz baja, hacían el amor y volvían a hacerlo como dos adolescentes que nunca lograran saciarse el uno del otro.

–Me estás mirando –a Giancarlo siempre le había irritado que las mujeres lo miraran como si fuera un modelo de valla publicitaria. Sin embargo, le gustaba que Caroline lo hiciera.

Cuando estaban con Alberto y ella lo miraba a hurtadillas, se excitaba. En más de una ocasión había tenido que resistirse al impulso de llevársela de la habitación y hacerle el amor donde fuera.

–¿Ah, sí?

–Me gusta. ¿Te ofrezco algo más que mirar? –lentamente retiró la sábana y expuso toda su desnudez. Ella suspiró suavemente y se estremeció.

Giancarlo la agarró y ella cayó de buena gana en sus brazos. El la colocó encima y se frotó contra ella para que pudiera apreciar la dureza de su erección. Ella apoyó los codos en su pecho y su largo cabello le cayó hacia delante como una cortina, enmarcándole la cara. Él observó su boca de labios llenos, la pasión que había en sus ojos y el suave balanceo de sus senos, cuyos pezones casi le rozaban el pecho.

¿Qué tenía el cuerpo de aquella mujer que lo volvía loco?

Solo hacía un ahora que habían hecho el amor, pero volvía a estar dispuesto. La atrajo hacia él para poder besarla y ella colocó su cuerpo de manera que él se deslizó por su húmedo interior.

–Eres una bruja –gimió al tiempo que, dándose la vuelta, se ponía encima de ella.

Caroline sonrió satisfecha, como el gato que no solo se ha tomado la leche, sino que ha averiguado dónde puede conseguirla siempre que quiera.

Giancarlo le echó la cabeza hacia atrás para poder besarla en el cuello mientras ella se retorcía debajo de él. Caroline no parecía saciarse de su boca en su cuerpo, y cuando le tomó un pezón con los labios, gimió suavemente y abrió los brazos para recibir las caricias de su lengua en el pezón erecto. Ella le metió los dedos en el cabello mientras él no dejaba de chupar, lamer y mordisquear.

Al sentirse dolorosamente húmeda, Caroline lo enlazó con las piernas y lanzó un grito de satisfacción cuando él empezó a moverse.

Habían llegado a la casa de la costa dos días antes y, aunque no era tan grande como la mansión del lago, se gozaba de intimidad a la hora de hacer ruido. Alberto y Tessa estaban en un ala de la casa; ellos dos, en la otra. Caroline se lo había explicado a Alberto diciéndole que era mejor que estuviera cerca de Tessa. Le sorprendió que el anciano no discutiera, como era habitual.

—Más despacio, mi brujita —Giancarlo se detuvo para mirarle los senos, que siempre le provocaban un deseo primario que no había experimentado con ninguna otra mujer. Los círculos de los pezones eran grandes y oscuros, y vio la palidez de la piel donde no le había dado el sol. Se inclinó y le lamió un seno por un costado mientras gozaba de la sensación de sentir su peso en la cara. Después se deslizó hasta su estómago y le rodeó el ombligo con la lengua.

Ella tomó aire anticipando lo que vendría y lo expulsó en un largo gemido cuando él le lamió la punta del clítoris y repitió el mismo movimiento hasta que ella estuvo a punto de gritar.

Caroline miró la cabeza masculina oculta entre sus muslos, y le resultó tan erótico que se estremeció.

Apenas podía seguir soportando la agonía de la espera cuando él, por fin, se puso un preservativo y la penetró con fuerza. Le colocó las manos bajo las nalgas y siguió moviéndose rítmicamente. La oleada de sensaciones tocó techo y ella se puso rígida y gimió mientras cerraba los ojos y se sentía saciada y exhausta.

Giancarlo, que se sentía igual, se apartó de ella y se quedó tendido a su lado, con un brazo extendido y el otro abrazándola.

Caroline sintió la tentación, y no era la primera vez, de preguntarle qué sucedería con ellos. Era indudable que algo tan bueno como aquello no estaba destinado a acabar.

Pero resistió la tentación. Hacía tiempo que había dejado de engañarse diciéndose que lo que sentía por él era simplemente deseo. Lo era, en efecto, pero envuelto en amor. Y sabía, por instinto, que el amor era una emoción peligrosa de la que era mejor no hablarle.

Lo único que podía hacer era esperar que, poco a poco, ella se convirtiera en una parte indispensable de su vida.

Era cierto que disfrutaban de su mutua compañía. Él la hacía reír y le había dicho muchas veces que era única. Única y hermosa. Eso debía significar algo.

—Tengo que volver a mi habitación. Es tarde y estoy muy cansada.

—¿Demasiado para un baño?

Ella soltó una risita.

—Tus baños no son buenos para alguien que necesita dormir.

–¿Por qué dices eso? –le preguntó, y sonrió cuando vio que ella bostezaba discretamente–. No hay muchas mujeres que se hayan quedado dormidas estando conmigo,

Entonces fue ella la que le sonrió.

–¿Se debe a que les dices que no se lo permites?

–Se debe a que no tienen la oportunidad. No me gusta alargar la situación después del coito.

–¿Por qué? ¿Porque conversar demasiado equivale a comprometerse demasiado?

–¿Por qué estamos hablando de esto?

Caroline se encogió de hombros.

–Solo quiero saber si soy una más de la larga lista de mujeres con las que te acuestas, pero sin comprometerte.

–No voy a entrar en ese tipo de debate. Como es natural, hablo con las mujeres con las que salgo: antes de cenar, después de cenar, en reuniones sociales... Pero el tiempo después de hacer el amor es mío. Nunca las he animado a quedarse en la cama charlando sobre temas intrascendentes.

–¿Por qué no? Y no me digas que hago demasiadas preguntas. Me pica la curiosidad, eso es todo.

–Recuerda que por querer saber, la zorra perdió la cola.

–¡Olvídalo! –elle explotó de repente–. Era una pregunta, nada más. Te pones a la defensiva cuando se te pregunta algo que no quieres oír.

El instinto de Giancarlo le decía que no abandonara la conversación, aunque no le gustaba el giro que estaba tomando.

–Tal vez no haya encontrado a la mujer con la

que quiero hablar en la cama –murmuró mientras la atraía hacia sí–. No discutamos –le dijo en tono persuasivo–. La costa está esperando a que la descubramos.

–¿Estás seguro de que puedes estar todo este tiempo sin trabajar?

–Es sorprendente, pero comienzo a darme cuenta de los beneficios de Internet. Es casi como estar en el despacho, pero con la ventaja de tener una mujer sexy a mi lado –le acarició la cintura y subió hasta uno de sus senos.

–Y estás enseñando a Albero a usar Internet –ella se alegró de olvidarse de aquel momento de incomodidad. No quería discutir–. Le gustan mucho tus clases –le dijo mientras le acariciaba un hombro–. Me parece que le resulta maravillosa la experiencia completa de tener un hijo. Sé que te sientes culpable por haber pensado que el pasado había sido distinto, pero él también se siente culpable.

–¿Te lo ha dicho?

–El otro día, cuando estábamos en el jardín, dijo que era un viejo orgulloso y ridículo, que es su manera de lamentar el no haberse puesto en contacto contigo durante todos estos años –miró el reloj de la mesilla y vio que era casi las dos de la mañana. Le pesaban los párpados. El calor del cuerpo de Giancarlo le embotaba los sentidos, pero comenzó a desplazarse hacia el borde de la cama.

–Quédate –le pidió él mientras volvía a atraerla hacia sí.

–No seas tonto.

–Alberto no se levanta hasta las ocho y no apa-

rece en el comedor hasta las nueve y media. Puedes
levantarte a las siete y estar en tu habitación cinco
minutos después. ¿No te tienta la idea de hacer el
amor muy temprano? –no sabía cómo se le había
ocurrido hacerle esa sugerencia. Nunca había animado a una mujer a quedarse a dormir con él. Ninguna lo había hecho.

Estaba haciendo novillos de la vida real, o al menos era lo que le parecía. ¿Y por qué no? Después
de haber dedicado todas sus energías a hacer dinero,
una ambición fomentada por su madre, ¿por qué no
iba a poder disfrutar de un tiempo al margen de todo
eso?

Ni su padre ni él se habían enfrascado en largas
conversaciones sobre el pasado. Con el tiempo irían
rellenando lagunas. Y él lo estaba deseando. Alberto le había explicado lo necesario para que se hiciera una idea más equilibrada del pasado, pero sin
culpar a nadie. Después de un ataque de ira inicial
contra su madre y contra sí mismo, había llegado a
la conclusión de que el pasado no podía cambiarse,
por lo que no debía castigarse a sí mismo.

Sin embargo, le apetecía retirarse de la competi-
ción durante unas semanas. Si Alberto se había quedado sin su hijo durante tantos años, él también se
había quedado sin padre, y era un vacío que quería
llenar gradualmente, yendo ambos en la misma dirección.

Sus pensamientos se volvieron hacia Caroline,
que formaba parte de la compleja situación. Se dio
cuenta de que ella reflexionaba sobre su propuesta.
Para ayudarla a decidirse, le puso la mano en un

seno y se lo masajeó suavemente. Y aunque estuviera cansada, el pezón comenzó a endurecérsele.

—No juegas limpio —murmuró ella.

—¿Y desde cuándo esperas que lo haga?

—No siempre puedes obtener lo que deseas.

—¿Por qué no? ¿No quieres despertarte por la mañana mientras te acaricio así? —deslizó la mano entre sus muslos y la acarició lentamente hasta que a ella comenzó a acelerársele la respiración.

La miró a la cara al tiempo que seguía acariciándola. Se le estaba enrojeciendo mientras comenzaba a moverse bajo sus dedos y a retorcerse, hasta que se detuvo con un grito ahogado.

A él le pareció que nunca iba a cansarse de disfrutar de su cuerpo. Había dejado de preguntarse qué poder ejercía sobre él. Lo único que sabía era que la quería con él en la cama porque deseaba despertarse a su lado.

—De acuerdo, tú ganas —Caroline suspiró. Sabía que no debería quedarse, que lo único que hacía era añadir una carta al castillo de naipes que había construido. Lo amaba, y era muy fácil pasar por alto que la palabra «amor» nunca hubiera salido de los labios de Giancarlo. Pero quería estar con él, a pesar del precio que tuviera que pagar.

Él la besó en los parpados.

Cuando ella volvió a abrir los ojos, el sol entraba por las rendijas de los postigos. Giancarlo tenía el brazo apoyado en sus senos.

Se levantó de un salto mientras él, soñoliento, trataba de atraerla hacia sí.

–¡Giancarlo! ¡Son más de la siete! ¡Tengo que irme!

Ya completamente despierto, él reprimió el deseo de quedarse con ella en la cama sin tener en cuenta las consecuencias. Ella buscaba ansiosamente su ropa mientras él la miraba sentado en el borde de la cama.

–¿Buscas esto, por causalidad? –preguntó él sosteniendo el sujetador de algodón en una mano.

Caroline trató de arrebatárselo.

–Tendrás que darme algo a cambio si lo quieres –como estaba sentado en el borde de la cama y ella se hallaba frente a él, frotó la cara en sus senos.

–¡No tenemos tiempo!

Intentó apartarlo y quitarle el sujetador, pero no se resistió cuando él la tumbó en la cama.

–Te sorprenderás de lo rápido que soy.

Rápido y satisfactorio.

A las siete y media pasadas, Caroline salió de la habitación. Sabía que no tenía que tomar demasiadas precauciones, porque, como había dicho Giancarlo, su padre se levantaba tarde.

–Quédate en la cama todo el tiempo que quieras. Es un privilegio de los adolescentes y de los ancianos –le había dicho Alberto cuando comenzó a vivir con él.

Por eso, al salir de la habitación de Giancarlo, lo último que ella se esperaba era encontrarse a Alberto en el pasillo.

–¿Qué es esto, querida?

Ella se quedó petrificada y se ruborizó.

–Si no me equivoco, esa es la habitación de mi hijo.

–Creí que estarías dormido –fue lo único que a Caroline se le ocurrió decir.

Alberto enarcó las cejas y, mientras ella se devanaba los sesos tratando de hallar una explicación, Giancarlo abrió la puerta de la habitación.

–No te molestes. Mi padre no ha nacido ayer y estoy seguro de que sabe lo que ha pasado.

Ella se dio la vuelta y vio que él ni siquiera se había tomado la molestia de vestirse. Se había puesto una bata. Ella se preguntó si llevaría algo debajo, y estuvo a punto de echarse a reír como una loca.

La tentación de reírse fue sustituida por la de gemir y darse cabezazos contra la pared.

–No sé cómo tomármelo –dijo Alberto débilmente–. ¡No me esperaba esto de ninguno de los dos!

–Lo siento mucho –afirmó ella. De pronto, se sintió avergonzada, como una adolescente que recibiera una regañina.

–Te seré sincero, hijo mío: me has decepcionado.

Negó tristemente con la cabeza y suspiró mientras Giancarlo y Caroline permanecían inmóviles, sin saber qué decir. Este fue el primero en reaccionar. Se acercó a su padre.

–Papá...

Alberto, que se había dado la vuelta, detuvo sus pasos vacilantes, se apoyó en el bastón y volvió la cabeza.

Giancarlo también se detuvo. Era la primera vez que lo había llamado «papá» en vez de Alberto.

–Sé lo que estarás pensando.

–Lo dudo mucho, hijo –afirmó el anciano con

pesar–. Sé que estoy un poco chapado a la antigua sobre estas cosas y que esta es tu casa y eres una persona adulta que puede hace lo que quiera en ella, pero dime: ¿cuánto tiempo hace que dura esto? ¿Ya os estabais portando mal en mi casa?

–Yo no lo llamaría portarse mal –dijo Giancarlo. Se había sonrojado.

Pero Alberto no lo miraba a él, sino a Caroline.

–Cuando tus padres te mandaron a Italia, no creo que se esperaran esto –le dijo con voz dura, lo cual aumentó el sentimiento de culpa de ella–. Me confiaron tu bienestar, y estoy seguro de que no solo se referían a que te alimentara.

–Ya basta, papá. Caroline está a salvo conmigo. Los dos somos adultos y...

–¡Bah! –exclamó el anciano haciendo un gesto de impaciencia con la mano.

–No somos un par de idiotas que no se haya detenido a analizar las consecuencias –Giancarlo habló con voz firme y segura.

–Sigue.

Caroline estaba fascinada. Se había aproximado a ellos, pero la espalda de Giancarlo le impedía ver a su decepcionado padre.

–Puede que en el pasado haya tenido relaciones al azar... –era una confidencia que había hecho a su padre después de haberse tomado varias copas–. Pero entre Caroline y yo hay algo distinto –giró la cabeza para mirarla–. ¿Verdad?

–Esto... –balbuceó ella.

–De hecho, ayer mismo hablamos de qué íbamos a hacer.

–Ah, ¿vais en serio? Entonces la cosa cambia. Caroline, te conozco lo suficiente para saber que eres de las que quieren casarse. Supongo que de lo que hablamos aquí es de matrimonio ¿no? –les sonrió,

Caroline los miraba boquiabierta.

–El matrimonio lo cambia todo. Aunque soy viejo me doy cuenta de que los jóvenes tienden a, ¿cómo decirlo?, experimentar más antes de casarse que los de mi generación. Me parece increíble que no me hayáis dicho nada.

No consintió que lo interrumpieran.

–Pero tengo ojos en la cara, hijo mío. Me he dado cuenta, al verte tan relajado, de que algo había cambiado. En cuanto a Caroline, se pone muy nerviosa cuando estás presente. Las señales estaban ahí. No sabéis lo que esto significa para mí después de haber visto la muerte de cerca.

–Esto... Alberto... –Giancarlo trató de hablar.

–A mi edad hay que tener algo a lo que agarrarse, sobre todo después del infarto. Creo que necesito descansar después de estas emociones. Ojalá me lo hubierais dicho en vez de dejar que lo descubriera, aunque el resultado sea el mismo.

–No te dijimos nada porque no queríamos que te emocionaras más de la cuenta –Giancarlo se acercó a Caroline y le pasó el brazo por los hombros.

–¡Lo entiendo! –exclamó Alberto con aire satisfecho–. Estoy encantado. Ya sabes, Giancarlo, el excelente concepto que tengo de tu prometida. ¿Puedo llamarte así, querida?

¿Que estaba prometida? ¿Que se iban a casar?

¿Se había visto transportada, sin darse cuenta, a un universo paralelo?

–Íbamos a decírtelo esta noche, durante la cena –afirmó Giancarlo con tanta seguridad que ella se maravilló de sus dotes de actor. ¿Hasta dónde pensaba llegar?

–Supongo que querréis comprar el anillo. Puedo ir con vosotros –sugirió Alberto–. Sé que es algo íntimo, pero no se me ocurre nada que me llene más de esperanza y optimismo; no encuentro una razón mejor para seguir.

–¿Para seguir hacia dónde? –preguntó Tessa caminando hacia ellos–. Eres peor que un niño, Alberto. Te dije que me esperaras para que te ayudara a bajar a desayunar.

–¿Te parece que necesito ayuda? –agitó su bastón hacia ella–. ¡Dentro de una semana ni siquiera necesitaré este trasto para caminar! Y, aunque no sea parte de tu trabajo meter las narices donde no te llaman, debes saber que estos jóvenes van a casarse.

–¿Cuándo? –preguntó Tessa, llena de emoción.

–Buena pregunta –dijo Alberto–. ¿Habéis fijado una fecha?

Por fin, Caroline consiguió despegar la lengua del paladar. Se soltó del brazo de Giancarlo y cruzó los suyos.

–No, claro que no, Alberto. Y creo que deberíamos dejar de hablar de este tema. Todavía estamos planeándolo todo.

–Tienes razón. Hablaremos después de cenar –Alberto fulminó a Tessa con la mirada, pero esta le sonrió–. Compra dos botellas del mejor champán y ni se te ocurra sermonearme sobre los peligros de la bebida. Esta noche lo celebraremos, y pienso tener algo bebible en la copa cuando brindemos.

—Muy bien —dijo Giancarlo cuando Tessa y su padre desaparecieron por fin por las escaleras—. ¿Qué otra cosa podía hacer? ¿Cómo iba a poner en peligro su salud, a desilusionarlo? Ya lo has oído: le hemos dado un motivo para seguir viviendo.

—¿Que qué otra cosa podías hacer? —preguntó Caroline incrédula. El compromiso y el matrimonio, que eran tan importantes para ella, cosas que había que tomarse muy en serio, no eran para él más que un medio oportuno de salir de una situación desagradable.

—Mi madre se acostaba con cualquiera —afirmó él con brusquedad—. Yo sabía que no era la persona más virtuosa del mundo. Nunca dejó de presentarme a sus amantes, pero permaneció soltera, pues estaba destrozada después de su fallido matrimonio y buscaba desesperadamente amor y afecto. Yo no sabía entonces que ya se acostaba con cualquiera mucho antes de divorciarse. Era muy guapa y muy frívola. Mi padre no ha utilizado la palabra «amoral», pero creo que es lo que piensa de ella.

—Y aquí estoy yo, el hijo perdido que vuelve. Estoy tratando de construir algo a partir de cero porque quiero relacionarme con mi padre. Al descubrir que dormimos juntos, si le hubiera hecho creer que solo se trataba de una aventura, ¿qué opinión se hubiera formado de mí? ¿Cuánto hubiera tardado en compararme con mi madre?

—Eso es una tontería —afirmó Caroline con suavidad—. Alberto no es así.

Pensó en el camino recorrido por Giancarlo, que en principio había accedido a volver a ver a su padre para vengarse de él. Pero el pasado se había reescrito y en aquel momento no sabía bien el terreno que pisaba. Ella comenzó a entender por qué estaba dispuesto a hacer lo que fuera para no poner en peligro aquel delicado equilibrio.

Pero ¿a qué precio?

Ella se había lanzado como una idiota hacia algo sin futuro y, cuando hubiera debido intentar salir de aquello, se encontraba aún más involucrada, aunque no por culpa suya.

—Si te he arrastrado a algo que no buscabas, lo siento, pero he obrado sin pensarlo —afirmó él.

—Está bien, pero esto es una locura. Alberto cree que estamos prometidos. ¿Qué hará cuando se entere de que es mentira? Ya le has oído decir que le da un motivo para seguir viviendo.

—Por eso te pido un gran favor: que me sigas el juego durante un tiempo.

—Sí, pero ¿por cuánto? —un compromiso fingido era un cruel recordatorio de lo que ella realmente deseaba: un compromiso real, planes de futuro reales con el hombre al que amaba.

—No te pido que dejes en suspenso tu vida, sino que me sigas la corriente: al fin y al cabo, muchos compromisos acaban en nada. Mientras tanto, puede suceder cualquier cosa.

—¿Te refieres a que Alberto reconocerá que no te pareces a tu madre, aunque te dediques a tener aventuras con mujeres a las que luego despachas cuando te aburres?

Giancarlo apretó los dientes.

–De nuevo demuestras tu talento para ir al fondo de la cuestión.

–Pero es verdad. Bueno, supongo que puedes endulzarle la píldora diciéndole que nos hemos distanciado porque no estamos hechos el uno para el otro.

–Por si no lo sabes, la gente se distancia y termina con relaciones que no llevan a ningún sitio.

–Pero tú eres distinto –Caroline insistió con obstinación–. No les das a los demás una oportunidad. Contigo, las relaciones no llegan a la fase de distanciamiento porque están condenadas a terminar mucho antes.

–¿Me estás diciendo con esto que no tienes intención de seguirme la corriente? ¿Que no apruebas lo que hago a pesar de haberte acostado conmigo?

–¡No estoy diciendo eso!

–Entonces, explícamelo, porque, si quieres que le diga a Alberto la verdad, que solo nos estamos divirtiendo, lo haré ahora mismo y tendremos que atenernos a las consecuencias.

Y las consecuencias serían dos: la relación que se estaba formando entre Giancarlo y su padre quedaría dañada y Alberto se sentiría decepcionado por la conducta de ella.

–Me siento atrapada –reconoció Caroline–, pero supongo que no será por mucho tiempo. Me siento fatal por mentir a tu padre.

–Todos merecemos que nos digan la verdad, pero, a veces, una mentira piadosa y sin importancia es menos dañina.

–Pero es que no es una mentira sin importancia.

Él se quedó callado. Se estaba dando cuenta de que no la conocía tanto como creía. O tal vez había supuesto que la satisfactoria relación física que mantenían garantizaba su disposición a aceptar lo que él quisiera.

–Ni tampoco es una mentira –apuntó él–. Lo que hay entre nosotros es algo más que una mera diversión.

Caroline deseaba creerlo con todo su corazón, pero la cautela, unida al instinto de conservación, le impidió profundizar en lo que él acababa de decir. Quería preguntarle qué sentía por ella; si era algo lo suficientemente intenso para llegar a quererla algún día.

Se sintió vulnerable ante esa idea. Creyó que él podría leerle el pensamiento y se preguntó si Giancarlo no habría querido tentarla con semejante observación para ganarla para su causa. Él no tendría inconveniente alguno en manipularla si convenía a sus fines.

Caroline pensó con tristeza que no hacía falta que la manipulara, ya que a ella no se le ocurriría poner en peligro la nueva relación entre padre e hijo. Hubiera sido una crueldad hacerlo.

–De acuerdo –dijo de mala gana–. Pero no por mucho tiempo, Giancarlo.

–No –murmuró él–. Veremos cómo van las cosas.

Capítulo 8

CAROLINE deseaba que aquella nueva dimensión artificial de su relación la hiciera aceptar que Giancarlo y ella no formaban una pareja. Una semana antes, cuando habían iniciado aquella farsa, había tratado de que su cerebro domara su rebelde corazón para separarse de Giancarlo, pero todo se había ido al traste con el fin de mantener a Alberto en su error.

Supuestamente eran una pareja locamente enamorada, con campanas de boda sonando en la lejanía, por lo que los gestos de afecto se habían vuelto de rigor. Giancarlo se había apropiado del papel de amante perdidamente enamorado con un entusiasmo que ella consideraba excesivo.

—¿Cómo vamos a encontrar el momento oportuno de decirle a tu padre que nos estamos distanciando cuando no dejas de acariciarme siempre que estamos juntos? ¡No damos la impresión de dos personas que han cometido un tremendo error! —le había gritado ella tres días antes, después de un día pasado en la piscina en que la había acariciado y abrazado en el agua, ante la atenta mirada de Alberto.

Se daba cuenta de que se había quedado sin defensas y de que estaba sucumbiendo al mito que se habían inventado sobre sí mismos.

–Veremos cómo van las cosas –le había recordado él.

Giancarlo era irresistible y, aunque ella sabía que todo era una ficción por la que tendría que pagar, cada hora se sumergía más profundamente en una sensación de felicidad.

Alberto no habló de cómo iban a dormir. Caroline sabía que, en teoría, Giancarlo y ella no deberían hacerlo juntos, que debería mantenerlo a distancia, y dormir con él era justamente lo contrario. Pero cada vez que la voz de la razón se manifestaba, otra más fuerte le decía que ya no tenía nada que perder.

Giancarlo y ella tenían los días contados, así que, ¿por qué no aprovecharlos y limitarse a disfrutar?

Además, todas las nobles intenciones de ella se estrellaban contra el humor, la inteligencia y el encanto de Giancarlo. En lugar de enfadarse con él por ponerla en aquella situación con Alberto, se sentía cada vez más vulnerable.

Los días siguientes recorrieron la costa con Alberto y Tessa. Giancarlo se mostró relajado y muy atento. Solo caminar agarrada de su mano hacía que el corazón de Caroline latiera más deprisa.

Y llegó el momento en que decidieron volver a Milán durante tres días para resolver asuntos de Giancarlo.

–Creo que debería quedarme –le había propuesto ella sin mucha convicción mientras él le desabrochaba la blusa.

–Eres mi amada prometida –le respondió él sonriéndole–. Lo lógico es que quieras ver dónde trabajo y vivo.

–Tu supuesta prometida.

–No nos embrollemos en asuntos semánticos.

Para entonces ya le había desabotonado la blusa,
y ella se quedó sin defensas al ver el deseo con que
le miraba los senos desnudos. Cuando él cerró los
ojos, le puso las manos en los hombros e introdujo
un pezón en su boca, ella se había olvidado de lo
que estaban diciendo.

Durante el viaje, Caroline tuvo muchas oportunidades de ver cómo era Giancarlo cuando trabajaba.

Habían tomado el tren, porque él lo consideraba
más descansado y también porque quería preparar
una serie de reuniones que tendría al llegar. Había
reservado un vagón entero de primera clase para
ellos, y los atendieron con la sumisión reverencial
reservada a los muy ricos y poderosos.

Giancarlo dejó de ser el hombre en pantalones
cortos y mocasines sin calcetines, el que se reía
cuando ella trataba de alcanzarle nadando en la piscina. Aquel era un Giancarlo muy distinto, vestido
con un elegante traje gris hecho a medida. Frente al
ordenador personal, con el ceño fruncido mientras
pasaba páginas y más páginas de informes, o hablando por teléfono en francés, inglés o italiano, de-
pendiendo del interlocutor, era otra persona.

Caroline trató de fijarse en el paisaje, pero los
ojos se le iban hacia él, fascinada ante aquel aspecto
del hombre al que quería.

Era tarde cuando llegaron. Giancarlo tendría reuniones por la mañana, lo cual a ella le parecía bien, ya que tenía mucho que ver en la ciudad. Mientras él trabajara, haría turismo.

Un coche con chófer los esperaba en la estación, y ella sintió curiosidad por ver dónde viviría él.

Tras el aislamiento y la tranquilidad del chalé de la costa, se vio asaltada por el frenesí de Milán, con las calles llenas de trabajadores y turistas. Pero solo durante un rato, ya que el piso de Giancarlo se hallaba en una callejuela adoquinada. A ella no le hizo falta que un agente inmobiliario le dijera que se hallaba en uno de los barrios más prestigiosos de la ciudad.

El edifico ante el que se detuvo el coche era el súmmum de la elegancia, un palacio transformado en pisos para millonarios.

Giancarlo la condujo hasta su dúplex, que comprendía las dos últimas plantas.

Él parecía no darse cuenta del lujo que los rodeaba. En medio del corazón financiero de Italia, aquello era un oasis.

La vivienda no era como ella había esperado. A diferencia del chalé en la costa, fresco y aireado, con visillos que dejaban pasar la brisa, pero disminuían la luz del sol, en el dúplex había parqué, gruesas cortinas, muebles de exquisita factura y alfombras persas.

–Es increíble –murmuró mientras giraba sobre sí misma para contemplar la inmensa habitación en la que se hallaban.

Se dio cuenta, todavía con más claridad que antes, del abismo que los separaba. Eran amantes, sí, y él gozaba de ella, la deseaba, no podía dejar de tocarla... Pero vivían en mundos distintos.

–Me alegro de que te guste –dijo él mientras se situaba detrás de ella, la rodeaba con los brazos y hundía la cabeza en su cabello.

Ella llevaba un fino vestido de algodón con hombreras, que él bajó lentamente, y una fila de botones de arriba abajo, en la parte delantera, que comenzó a desabotonar. Le gustó que no llevara sujetador.

–Enséñame el resto de la casa –se abotonó los botones que él había comenzado a desabrochar, pero fue inútil ya que él repitió la acción.

–Te deseo. He perdido el tiempo con mucha gente, lo cual me ha impedido acariciarte.

Caroline se echó a reír con el placer habitual que experimentaba al oírle decir esas cosas, que hacía que se sintiera deseada, mareada y poderosa a la vez.

–¿Por qué es tan importante el sexo para ti? –murmuró mientras él comenzaba a jugar con sus senos, desde atrás, de modo que ella pudiera apoyarse en su cuerpo.

–Y tú, ¿por qué inicias una conversación profunda cuando sabes que hablar es lo último en lo que estoy pensando? –se rio suavemente–. Debería estar leyendo informes, pero no dejo de desearte ni un minuto.

–No creo que sea bueno –ella había arqueado la espalda y respiraba deprisa y con fuerza. Cerró los ojos al sentir los pezones entre sus dedos.

–Pues yo creo que es muy bueno. ¿Quieres ver mi habitación?

–Quiero ver todo el piso.

Él suspiró teatralmente y la soltó de mala gana. Hacía tiempo que había renunciado a la necesidad de llegar al fondo de su atractivo. Lo único que sabía era que, en cuanto estaba con ella, no podía evitar acariciarla. Incluso cuando no estaban juntos, le acudían a la mente imágenes de ella. Por eso no había dudado en pedirle que lo acompañara a Milán.

No concebía que no estuviera a su lado cuando la deseaba. Además, llevaba demasiado tiempo sin trabajar.

–De acuerdo –dio un paso atrás y la observó mientras se abotonaba el vestido–. Visita guiada del piso.

Caroline se recreó en cada detalle: se admiró ante la chimenea, acarició las cortinas, se maravilló ante los modernos electrodomésticos de la cocina...

El despacho era el de un hombre conectado con el mundo veinticuatro horas, siete días a la semana. Sin embargo, el escritorio que dominaba la habitación parecía tener siglos de antigüedad, y en las estanterías que cubrían dos de las paredes había primeras ediciones de la historia de Italia, junto a manuales de Derecho.

En el piso superior había cuatro dormitorios enormes y un salón, donde estaba la única televisión de la casa.

Cuando vio que ella la miraba, Giancarlo comentó:

–No la veo mucho, solo las noticias económicas.

–¡Qué aburrido eres! ¡Noticias económicas! ¿No tienes bastantes en la vida diaria como para tener que dedicar tu ocio a verlas en la televisión?

Él lanzó una carcajada y la miró complacido.

—Es la primera vez que me llaman aburrido. Me haces mucho bien, ¿lo sabías?

—¿Como si fuera un tónico? —sonrió—. También es la primera vez que me dicen algo así.

—Ven a mi dormitorio —le pidió él, impaciente, mientras ella metía la cabeza en todas las habitaciones y lanzaba grititos de placer ante distintos detalles, que él apenas percibía. No podía esperar a llevarla a su dormitorio. Ansiaba acariciarla y sentir su cuerpo suave y redondeado. La forma en que perdía el control en presencia de ella seguía dejándolo atónito.

—Tu madre debía de estar muy orgullosa de ti al verte prosperar de esta manera.

—¿Por lo interesada que era, como he descubierto? —le dirigió una sonrisa torcida—. ¿Cuánto hace que querías hacerme esa pregunta?

—Eres tan reservado que no quería sacar un tema incómodo, sobre todo desde que las cosas van tan bien entre Alberto y tú. Pero no puedo evitar pensar que te debe de haber alterado averiguar que las cosas no eran como creías.

—Menos de lo que pensaba —le confesó él tomándola de la mano—. Debería estar furioso porque mi madre reescribiera el pasado y determinara mi futuro para sus propios fines, pero...

Pero no lo estaba porque Caroline lo protegía, era la presencia tranquilizadora que le hacía más fácil aceptarlo, la voz suave que difuminaba la amargura y evitaba que aflorase.

—Soy lo suficientemente mayor como para mirar las cosas con perspectiva. Cuando era más joven, no sabía hacerlo. Mi juventud contribuyó a que adoptara una actitud dura ante mi padre, pero ahora veo que mi madre nunca llegó a madurar. Lo gracioso es que creo que habría sido más feliz si Alberto hubiera sido el hombre que se imaginaba. Le hubiera resultado más fácil entender la brusquedad que la comprensión. Él la siguió manteniendo a pesar de que ella le hubiera demostrado que era una irresponsable con el dinero.

Vaciló durante unos segundos.

—Tres años después de marcharnos trató de volver con mi padre, pero él la rechazó. Creo que fue entonces cuando decidió castigarlo impidiendo que me viera.

—Es horrible —dijo ella, al borde de las lágrimas.

Él se encogió de hombros.

—Es el pasado, no me tengas lástima. A pesar de que Adriana tuviera motivos turbios para obrar como lo hizo, y desde luego trató por todos los medios de evitar que me relacionara con mi padre, podía ser muy divertida. No todo era malo en ella. Hablaba sin pensar, actuaba sin prever las consecuencias y era muy ingenua con respecto al sexo opuesto. Al final, fue tan víctima como yo de su amargura.

Habían llegado al dormitorio. Él empujó la puerta y miró satisfecho la expresión placentera de ella mientras entraba.

Una pared estaba dominada por un ventanal desde el que se veía la ciudad entera. Caroline se dirigió hacia él, miró la vista y se volvió hacia Giancarlo, que la observaba sonriente.

—Sé que te parezco un poco paleta.

–No te preocupes, me gusta.

–Es que todo es tan espléndido aquí...

–Lo sé. Y nunca creí que este fuera mi estilo, pero supongo que me resulta relajante después de la vida ajetreada que llevo –se aproximó a ella–. Aquí resulta sencillo olvidarse de que existe el resto del mundo –la tomó por la cintura con una mano y con la otra desató el cordón de la cortina y dejó la habitación en penumbra.

Hicieron el amor lentamente. Él permaneció sobre el cuerpo de ella hasta extraerle el último suspiro de placer, y ella, a su vez, permaneció sobre el de él hasta que las sábanas se enredaron en sus cuerpos mientras cambiaban de posición para gozar el uno del otro.

Cuando acabaron había anochecido. Llamaron por teléfono para pedir comida. Caroline se sorprendió al ver que en la nevera no había lo básico.

A pesar de la opulencia de la decoración, era un piso de soltero. Caroline se burló de que tuviera quesos exquisitos, pero no huevos; los mejores vinos, pero no leche.

Después de una deliciosa cena, lavaron juntos los platos, porque él no tenía ni idea de cómo funcionaba el lavaplatos. Luego, ella se hizo un ovillo encima de él, en el sofá del salón, y estuvo leyendo mientras él revisaba papeles.

Era todo tan estupendo que a ella le resultó fácil apartar de sí la idea de que su amor estaba acabando con su orgullo y su sentido común.

–Despiértame antes de que te vayas por la mañana –le pidió ella apretándose contra él en la cama.

Antes de conocerlo se metía en la cama con ropa, pero él había hecho que cambiara, y dormía desnuda.

Giancarlo sonrió y la besó en la comisura de los labios mientras ella bostezaba.

–¿Te he dejado exhausta?

–Eres insaciable.

–Solo de ti, mi amor.

Caroline se durmió mientras se aferraba a aquellas palabras y las guardaba para examinar su significado más tarde.

Cuando abrió los ojos, el sol trataba de penetrar la gruesa cortina. La cama estaba vacía. Se preguntó cuándo se habría marchado Giancarlo y por qué no se había despedido.

Aún no eran las nueve. En la encimera de la cocina halló media docena de huevos, pan, leche y una nota en la que le decía que él también sabía llenar la despensa.

Caroline sonrió porque aquello significaba un cambio, lo admitiera él o no.

Desayunó, agarró las guías de la ciudad que había llevado para el viaje y salió poco después de las diez. Al cabo de varias horas de hacer turismo, volvió cansada y esperando encontrar a Giancarlo en casa.

Él le había dicho que tal vez volviera tarde, pero no después de las ocho y media, por lo que tuvo tiempo de bañarse y probarse ante el espejo la falda y la blusa que se había comprado esa mañana. Si dejaba los tres primeros botones sin abrochar, y como no llevaba sujetador, él vería el movimiento de sus abundantes senos y el contorno de los pezones a través de la tela.

Se imaginó el brillo de sus ojos cuando la viera, y se estremeció.

Como faltaban aún dos horas para las ocho y media, se puso muy contenta al oír que llamaban a la puerta pensando que Giancarlo volvía pronto.

La abrió sonriendo. Pero la sonrisa se le borró del rostro y fue sustituida por una expresión confusa.

—¿Quién eres?

La mujer alta y rubia, con un cabello que le llegaba a la cintura, habló antes de que Caroline tuviera tiempo de ordenar sus pensamientos.

—¿Qué haces aquí? ¿Sabe Giancarlo que estás aquí? ¿Eres la doncella? Si es así, no vas vestida adecuadamente.

Empujó la puerta y Caroline se echó a un lado, desconcertada.

La hermosa rubia, vestida elegantemente y con un bolso de diseño y tacones de aguja, entró, echó una mirada recelosa alrededor y finalmente volvió a mirarla.

—¿Entonces? —se cruzó de brazos impaciente—. ¡Explícate!

—¿Quién eres tú? Giancarlo no me ha dicho que esperara a nadie.

—¿Giancarlo? ¿Desde cuándo una doncella llama al señor por su nombre? Ya verás cuando se entere Giancarlo.

—No soy la doncella. Soy... Soy... —estaba segura de que Giancarlo no querría que dijera que era su prometida cuando no era verdad–. Tenemos... una relación.

La mujer se echó a reír con genuina incredulidad. Caroline estaba petrificada. Ante aquella estupenda rubia, se sentía ridícula.

–Estás de broma, ¿no?

–Pues no. Llevamos juntos varias semanas.

–Giancarlo nunca saldría con alguien como tú –afirmó la rubia en tono exageradamente paciente, como si tratara de explicarle lo evidente a una lunática.

–¿Cómo?

–Soy Lucia. Giancarlo y yo éramos pareja hasta que decidí dejarlo hace unos meses, debido a mi trabajo. Soy modelo, y lamento decirte que yo sí soy la clase de mujer con la que él sale.

Se produjo un largo silencio.

Giancarlo salía con modelos. Le gustaban rubias y de largas piernas. Su tipo no era una morena, bajita y con curvas. Caroline deseó llevar un anillo de compromiso para ponérselo delante de las narices a la rubia, que le sonreía con suficiencia, pero, a pesar de la insistencia de Alberto, no habían ido a comprarlo.

–Dile que he venido –le ordenó la mujer mientras se dirigía pavoneándose a la puerta–. Dile que tenía razón, que no podía seguir viajando constantemente y que he decidido tomarme un descanso, así que puede llamarme cuando quiera.

–¿Llamarte para qué? –se obligó a preguntarle ella.

–¿Tú qué crees? –Lucia enarcó las cejas de manera cómplice–. Aunque pienses que soy una bruja por lo que voy a decirte, te lo diré de todos modos. Giancarlo se está divirtiendo un poco contigo porque está destrozado porque lo he dejado, pero no eres más que eso para él, una diversión. Y no va a durar. Hazte un favor y márchate mientras puedas. *Ciao*, querida.

Caroline permaneció inmóvil durante varios minutos. Tenía el cerebro como aletargado y le costaba enlazar las ideas.

Esa era la vida real de Giancarlo: hermosas mujeres adecuadas a su vida sofisticada. Se había tomado unas vacaciones y había acabado acostándose con ella. En unas circunstancias excepcionales, había abandonado su papel y había hecho el amor con una mujer a la que, en circunstancias normales, no hubiera prestado atención, ya que era de la clase que emplearía como doncella.

Más aterradora le resultó la sospecha de que había sido la que tenía a mano. Ella había sido el conveniente eslabón entre su padre y él, le había servido para salvar un abismo que, de otra manera, hubiera sido muy difícil de salvar. Acostarse con ella había sido un plus.

Giancarlo se había hallado en una situación en la que tenía todas las de ganar y, siendo quien era, la había aprovechado. Y ella había sido una compañera de cama que le otorgaba los privilegios de una verdadera relación sin ninguna de sus expectativas.

Llena de dolor, se sintió ridícula con la ropa que llevaba y avergonzada de haberse vestido para él. La mortificaba la facilidad con la que se había entregado a él en cuerpo y alma hasta convertirlo en el centro de su vida. Se había atrevido a imaginar lo imposible: que él correspondería a su amor.

Se cambió de ropa a toda prisa. Con manos temblorosas agarró unos vaqueros y una camiseta. Fue como volver a su antigua vida y a la realidad.

Quería huir, pero se forzó a poner la televisión. Y allí estaba cuando una hora y media después oyó a Giancarlo meter la llave en la cerradura. Se quedó sentada frente al televisor hasta que él entró en el salón. Mientras se le acercaba esbozando una de sus maravillosas sonrisas comenzó a aflojarse la corbata y a desabrocharse la camisa.

A pesar de estar triste y desilusionada, Caroline no pudo evitar la reacción instintiva de su cuerpo y se esforzó por apaciguar su pulso acelerado.

—No te haces idea de lo mucho que deseaba volver —afirmó él. Lanzó la corbata a uno de los sofás y se agachó ante la silla en la que ella estaba sentada agarrando el respaldo con ambas manos, como si la estuviera enjaulando.

Caroline respiraba con dificultad.

—¿De verdad?

—De verdad. No he dejado de pensar en que me estarías esperando.

«Como un fiel perrito», pensó ella.

—He dejado a mi brazo derecho en la reunión. Entre quedarme y volver, la elección no ha sido difícil. ¿Comemos primero? ¿Pido algo?

«¿Por qué ibas a llevarme a cenar y acortar así el tiempo que puedes estar conmigo en la cama? Eso hasta que te aburras, ya que no me parezco en absoluto a las mujeres con las que te gusta salir. Mujeres altas y de largas piernas, con la melena rubia que les llega hasta la cintura y con nombres exóticos. Como el de Lucia».

–No dices nada –se incorporó y se sentó en la silla más cercana–. Siento no haber podido acompañarte hoy. Me hubiera encantado enseñarte la ciudad. ¿Te has aburrido?

Caroline recuperó el habla.

–Me lo he pasado muy bien. He visto la catedral, el museo y he comido en la terraza de un restaurante.

Giancarlo presintió que ocurría algo, pero no sabía qué podía ser.

–Me parece que algo va mal.

Se había despertado a su lado muy temprano y la había observado dormir como un bebé. Parecía tremendamente joven y tentadora. Se había resistido al deseo de despertarla a las cinco y media de la mañana para hacer el amor. Se dio una ducha fría y pasó el resto del día contando los minutos que faltaban para volver a verla. Nunca había tenido tantas ganas de regresar a su piso.

–¿Ha pasado algo? –le preguntó–. No me hago responsable de lo que hagan mis conciudadanos, pero se dice que algunos se toman libertades con las turistas. ¿Te ha molestado alguien? ¿Te han seguido? –se estaba enfadando y cerró los puños ante la idea de que se hubiera sentido acosada.

–Sí, ha pasado algo –replicó ella en voz baja apartando la mirada–. Pero no lo que dices. Nadie me ha molestado en la ciudad. Y, a propósito, si alguien lo hubiera hecho, sé cuidar de mí misma, no soy idiota.

–¿Qué ha pasado, entonces?

–He tenido una visita –volvió a mirar su hermoso rostro. Uno podía perderse en aquellos ojos oscuros. ¿No lo había hecho ella?

–¿Una visita? ¿Aquí?

Ella asintió.

–Rubia, alta y de piernas largas. Ya sabrás a quién me refiero. Se llama Lucia.

Capítulo 9

GIANCARLO se quedó inmóvil.

¿Lucia ha estado aquí? –preguntó con una expresión de desagrado.

Lucia Fontana era una de sus exnovias y se había tomado la ruptura peor que otras. Era una modelo en la cima de su carrera, acostumbrada a que los hombres la desearan y homenajearan su belleza. Era también pesada, superficial, vanidosa, egoísta y carente de algo parecido a la inteligencia. Se habían conocido en una reunión social en una galería de arte, y ella lo había perseguido. El error de él había sido seguirle la corriente.

–¿A qué ha venido?

–No esperaba encontrarme aquí –le explicó ella en tono neutro. Sopesó la idea de decirle que Lucia la había confundido con la doncella y que le había dicho que no estaba correctamente vestida para fregar suelos y limpiar retretes. Pero decidió guardárselo para sí.

–Lo siento, pero no te preocupes. No volverá a ocurrir.

Ella se encogió de hombros. ¿Esperaba que le estuviera agradecida por la promesa? Estuvo a punto de soltar un bufido.

–Supongo que tendrás una colección de ellas esperando a aparecer en cualquier momento.

–¿De qué demonios hablas?

–De mujeres, de exnovias. De sofisticadas modelos de las que te deshaces o, en este caso, de una modelo que se ha deshecho de ti.

–¿Lucia te ha dicho que me dejó? –la ira se apoderó de él. Sabía que para el ego de Lucia había sido un golpe muy fuerte que la dejara, pero que hubiera ido a su casa contando mentiras lo enfureció.

–Supongo que le resultaría difícil tener una relación cuando viajaba por todo el mundo, pero me ha dicho que ahora está aquí y que puedes llamarla cuando quieras y retomarlo donde lo dejasteis.

Giancarlo se dijo que no iba a empezar a darle explicaciones. No era propio de él justificar su conducta. Además, no había nada que justificar.

–Y eso es lo que esperas que haga, ¿verdad?

Caroline creyó que el corazón se le partía en dos. Se dio cuenta de cuánto había deseado que él lo negara todo. Aunque no fuera a irse corriendo al piso de ella y a postrarse a sus pies, si Lucia hubiera mentido, él habría negado su historia.

–Estás enfadada porque, a pesar de todo, no confías en mí.

–¡No estoy enfadada!

–No es eso lo que veo. Hace meses que Lucia y yo lo dejamos.

–Pero ¿te dejó ella o la dejaste tú?

–¿Qué más da? ¿Confías en mí o no?

–¿Por qué iba a hacerlo, Giancarlo? –aunque había decidido no alterarse, tuvo ganas de abofetearlo.

Sintió náuseas al pensar en el loco amor que sentía por él, en lo estúpida que había sido al creer que había algo entre ellos.

—Jamás te habrías fijado en una mujer como yo si nos hubiéramos conocido en otras circunstancias, ¿verdad?

—Me niego a enzarzarme en una discusión sobre lo que podía o no haber pasado entre nosotros. Nos hemos conocido y tienes pruebas más que suficientes de cuánto me atraes,

—Pero no soy tu tipo. Ya lo sabía, pero tu novia me dejó muy claro que...

—Lucia no es mi novia. De acuerdo, si saber lo que ocurrió significa tanto para ti, te lo diré. Salí con ella y fue un error. En la vida de Lucia solo hay sitio para una persona: ella misma. Solo sabe hablar de sí misma. No hay espejo en el que no se mire y, además, tiene una lengua viperina.

—Pero es muy guapa —Caroline se dio cuenta de que ya no le importaba quién hubiera dejado a quién. Lo importante era que Lucia era su tipo.

—Le dejé y se lo tomó mal —aunque no era su intención dar explicaciones, no había podido evitarlo.

—No importa.

—Claro que importa porque, si no, no estarías haciendo un mundo de ello.

Caroline se dijo que lo que para Giancarlo carecía de importancia para ella era fundamental, pero él no lo comprendería. Si se mostraba dolida, le daría a entender lo profundamente inmersa que se hallaba en aquella relación, por llamarla de algún modo.

¿Qué haría él si descubriera que estaba enamorada? ¿Reírse? ¿Huir? ¿Las dos cosas? Estaba decidida a que no lo supiera. Al menos podría marcharse con la cabeza alta.

Incapaz de contener la agitación que la dominaba, se puso de pie y fue a mirar por la ventana. Después se sentó sobre las manos en el poyete.

—Me he sentido avergonzada —afirmó tragándose las lágrimas—. No me esperaba encontrarme en la puerta a uno de tus exnovias, aunque no sea culpa tuya que viniera. Me dijo cosas muy dolorosas, y eso tampoco es culpa tuya.

A pesar de que lo exoneraba de toda culpa, no por ello Giancarlo se sintió mejor. Y no le gustó la expresión indiferente de su rostro. La prefería enfadada, gritándole y arrinconándolo.

—Pero me ha hecho pensar que lo que hacemos... Bueno, que tenemos que dejarlo.

—A ver si lo entiendo: ¿una estúpida se presenta sin haber sido invitada en mi casa y tú decides que nosotros no debemos seguir? Somos persona adultas, Caroline, y sentimos una atracción mutua.

—Estamos engañando a un anciano haciéndole creer lo que no es. No se trata simplemente de divertirse sin atenerse a las consecuencias.

Giancarlo no supo qué contestar. Si Lucia hubiera estado allí, la habría estrangulado. Era inconcebible lo mal que estaban yendo las cosas. Lo peor es que notaba que Caroline se alejaba de él sin que pudiera evitarlo.

—Resulta que esa mujer está en lo cierto: no soy tu tipo. Ni tú el mío —añadió después de esperar en vano que él lo negara—. Nos lo hemos pasado bien y, mientras tanto, hemos hecho creer a Alberto una cosa que no es.

–Es absurdo que insistas en que no eres mi tipo.

–Puede que, si Alberto no se hubiera visto involucrado, las cosas fueran distintas.

–¿No es tarde para adoptar posturas morales?

–Nunca es tarde para hacer lo correcto.

–¿Y has llegado a esa conclusión gracias a una mujer que nunca significó nada para mí?

–He despertado –afirmó ella, muy nerviosa al ver que él se aproximaba. Giró la cabeza, pero respiraba agitadamente. No quería que la tocara por nada en el mundo.

–Ya sé que es tarde, pero quiero volver a la costa.

–Esto es una locura.

–Tengo que...

–¿Tienes que alejarte de mí porque, si estás cerca, temes no poder controlar tu cuerpo? –masculló una maldición al ver que ella no respondía.

–No me importa volver esta noche –dijo al fin.

–Ni hablar. Puedes irte por la mañana. No me quedaré aquí a pasar la noche. Le diré al chófer que venga a recogerte a las nueve y mi helicóptero te llevará a la costa –se dio la vuelta y se dirigió a su habitación.

Al cabo de unos segundos de duda, Caroline lo siguió, horrorizada ante el vacío que se abría a sus pies y la certeza de que no había manera de salvarlo.

–Sé que te preocupa que Alberto se forme una idea equivocada de ti.

Se quedó en la puerta, desesperada por seguir en contacto con él, aunque sabía que lo había perdido.

Él se quitó la camisa y la dejó en una silla junto a la ventana.

–Le diré que tus reuniones eran tan largas que pensamos que lo mejor era que volviera a la costa para no soportar el calor asfixiante de Milán.

Giancarlo no contestó.

Ella avanzó hasta situarse frente a él.

–Giancarlo, por favor, no te pongas así.

Él le dirigió una mirada inescrutable.

–¿Qué quieres que te diga?

Ella se encogió de hombros y agachó la cabeza.

–¿Dónde vas a ir a pasar la noche? –le puso la mano en el brazo.

–Si vas a tocarme, atente a las consecuencias.

Caroline retiró la mano y retrocedió.

–Este es tu piso. Es absurdo que te vayas a pasar la noche a otro sitio.

–¿Qué sugieres? ¿Que nos acostemos juntos y nos durmamos castamente?

–Puedo dormir en otra habitación.

–Yo en tu lugar no me fiaría de mí mismo –murmuró Giancarlo–. Tal vez te despiertes conmigo al lado. Voy a ducharme. ¿Quieres continuar hablando en el cuarto de baño?

El corazón de Caroline seguía latiendo con fuerza cuando Giancarlo volvió al salón, veinte minutos después. Se había duchado y cambiado de ropa y llevaba una bolsa pequeña de viaje. Parecía tranquilo y controlado. Ella, en cambio, estaba sentada en el borde del sofá con la espalda recta y las manos sobre las rodillas. Lo miró con recelo.

Él dejó la bolsa en un sofá y fue hacia la cocina, donde se sirvió algo de beber.

—Sabes que cuando acabe con todas estas reuniones, volveré a la costa, así que quiero saber con qué me voy a encontrar.

Ella, fascinada al verlo con unos vaqueros descoloridos y un polo, con un aspecto tan distinto del ejecutivo que había entrado antes, no dejaba de preguntarse si había tomado la decisión correcta. ¿No habría exagerado porque estaba desconcertada y dolida por la aparición de Lucia?

¡Quería a Giancarlo! Si hubieran seguido viéndose, ¿no habría sustituido el amor al deseo?

Pero entonces se imaginó otra situación: la de él aburrido y desinteresado, con ella cada vez más necesitada y aferrada a él. Y entonces aparecía otra Lucia que se lo llevaba de su lado.

Pero era tan guapo...

Caroline tragó saliva y se dijo que tenía que centrarse.

—Ahora que has visto la luz –prosiguió él–, ¿piensas seguir allí el fin de semana?

—¡Claro que sí! Ya te he dicho que te seguiría la corriente un poco más, pero tendremos que demostrarle a tu padre que nos estamos alejando, de modo que no se disguste cuando le digamos que hemos terminado.

—¿Y tienes idea de cómo vamos a hacerlo? ¿Ensayamos algunas discusiones? ¿O por qué no le dices la verdad, que has conocido a una de mis exnovias y no te ha gustado?

—¿Son todas así?

–¿Cómo dices?

–¿Son todas tus exnovias como Lucia?

Giancarlo frunció el ceño, desconcertado por la franqueza de la pregunta y por la leve crítica subyacente.

–Ya sé que ella te molestaba, pero ¿han sido todas igual? ¿Has salido con alguna que no fuera modelo o actriz? Lo que quiero decir es si solo sales con mujeres por su aspecto.

–No me parece una pregunta relevante.

–No, no lo es –dejó de mirarlo y él estuvo tentado de situarse en su línea de visión y obligarla a hacerlo.

En lugar de ello, se echó la bolsa al hombro y se dirigió a la puerta.

Caroline tuvo que hacer un esfuerzo para no moverse porque sus pies intentaban seguirlo y retenerlo con más preguntas. Quería preguntarle lo que había visto en ella. No era guapa, así que ¿había otra cosa de ella que lo atraía? Pero se mordió la lengua.

Echó de menos inmediatamente su contacto físico y su camaradería. Y su risa. Y todo lo demás que la había atrapado.

Oyó cerrarse la puerta y, de pronto, el piso le pareció muy grande y vacío.

Debido a la agitación que la embargaba, creyó que no podría dormir, pero se quedó dormida fácilmente y se despertó cuando estaba amaneciendo. Tardó unos segundos en recordar lo que había sucedido. Giancarlo no estaba allí. La cama estaba vacía.

El chófer llegó a las nueve en punto. Ella lo esperaba con el equipaje hecho. Hasta el último momento había albergado la fantasía de que Giancarlo apareciera disculpándose, con un ramo de rosas rojas y una cajita con un anillo dentro.

Como no fue así, se pasó todo el viaje asustada ante la posibilidad de que hubiera ido a buscar consuelo en brazos de otra.

¿Sería capaz de haberlo hecho? No lo sabía, pero la realidad era que no conocía a Giancarlo.

Hubiera jurado que no era así, pero había vivido en una burbuja. El Giancarlo que conocía no era el mismo que salía con modelos porque no le exigían nada y quedaban bien agarradas de su brazo.

Cuando vio el chalé sobre el acantilado sintió un vacío desolador.

Lo que habían compartido había acabado. Absorta en tales pensamientos, no pensó en lo que diría a Alberto cuando lo viera.

Al bajarse del taxi que la había llevado desde el helipuerto, se dio cuenta de que tenía que ocurrírsele algo.

Giancarlo y ella se habían marchado como una pareja feliz. ¿Cómo iba a convencer a Alberto de que, en cuestión de horas, las cosas habían cambiado?

Mientras barajaba la posibilidad de recurrir a verdades a medias, Alberto abrió la puerta y se la quedó mirando atónito.

Caroline sonrió levemente mientras él buscaba con la mirada a Giancarlo.

–¿Qué ha pasado? ¿No deberías estar en Milán? ¿Hay algo que tengas que decirme? –se echó a un lado–. Iba a salir a pasear por el jardín, a tomarme un respiro de la bruja, pero parece que debemos hablar.

Giancarlo miró por tercera vez el reloj. Estaba acostumbrado a las reuniones, pero aquella parecía interminable. Eran casi las cuatro de la tarde y llevaba reunido desde las seis y media de la mañana.

Por desgracia, su mente estaba casi exclusivamente ocupada por la mujer a la que había dejado la noche anterior.

Frunció el ceño ante el recuerdo y comenzó a dar golpecitos con el lápiz en la mesa hasta que todas las miradas se fijaron en él como si fuera a decir algo importante. Ese era el respeto temeroso al que estaba acostumbrado, pero en aquel momento lo irritó. ¿No pensaban por sí mismas todas aquellas personas? ¿Habría alguna que se atreviera a contradecirlo? ¿Bastaba con que, sin darse cuenta, diera golpecitos con el lápiz para que todos lo miraran y se callaran?

Empujó los papeles que tenía delante y se levantó. Había tomado una decisión.

El primer paso fue anunciar a los presentes que se iba, lo cual los sorprendió, ya que era la primera vez que abandonaba una reunión.

–Roberto –miró al más joven del equipo–, esta es tu oportunidad. Conoces muy bien los detalles de este asunto. Estaré localizable en el móvil. Naturalmente, no se decidirá nada sin mi aprobación.

El segundo paso fue llamar a su secretaria para que lo dispusiera todo para volver inmediatamente a la costa. Decidió hacerlo en tren, ya que necesitaba tiempo para pensar.

En el tren, comprobó si tenía mensajes en el móvil y se puso a mirar el paisaje.

Cada vez se sentía mejor por haberse marchado de Milán. A mitad de camino había decidido que iba a encargarse de formar a algunos de sus empleados para que pudieran sustituirlo. Aunque sus empleados eran de fiar, siempre recurrían a él en busca de orientación. ¡Llevaba años sin tomarse un descanso!

Llegó de noche al chalé. Entró y se dirigió a la terraza. Su padre estaría allí tomando el aire, que le resultaba más tonificante que el del lago, según él a causa de la sal. Alberto tardó un par de minutos en notar que se acercaba en la sombra, y Caroline unos segundos más en percatarse de que no estaban solos.

No habían encendido las luces de fuera para ver el crepúsculo.

Caroline fue la primera en hablar.

—¡Giancarlo! —se levantó sorprendida.

—No te esperábamos —dijo Alberto—. No te quedes de pie —le indicó a ella—. No estás en presencia de la realeza.

—¿Qué haces aquí?

—¿Desde cuándo necesito una razón para venir a mi casa?

—Creí que te quedarías en Milán por lo que había pasado.

—¿Por lo que había pasado?

—Se lo he contado todo a tu padre. No hace falta que sigamos fingiendo.

Se produjo un espeso silencio y Caroline comenzó a sudar de la tensión nerviosa. La inmovilidad de él le produjo escalofríos.

Miró a Alberto en busca de ayuda, y este se la ofreció.

–Como es natural, me entristece mucho que las cosas hayan salido así. Soy un viejo con problemas de salud, por lo que puede que os presionara demasiado y acabarais por fingir para hacerme feliz.

–No dramatices, Alberto –Giancarlo avanzó unos pasos y se metió las manos en los bolsillos.

–Reconocer que me he portado como un viejo insensato no es dramatizar, Giancarlo. Espero que mi edad y mi fragilidad sirvan de excusa.

Se levantó y se agarró al respaldo de la silla para equilibrarse mientras con la otra mano hacía un gesto negativo a Caroline, que se había puesto de pie para ayudarlo.

–Soy viejo, pero no estoy muerto. Bueno, supongo que tendréis que hablar. Creo que me has dicho, querida, que pensabas volver a tu país.

Ella intentó recordar si había dicho tal cosa. Lo había pensado, desde luego, pero la realidad era que aún no sabía lo que haría. Por otro lado, ¿qué sentido tenía quedarse cuando el hombre que le había destrozado el corazón iría con frecuencia a ver a su padre?

–De hecho, creo que lo más adecuado es que volvamos al lago –prosiguió el anciano–. No queremos abusar de tu hospitalidad, hijo mío, dadas las circunstancias.

–Papá, siéntate, por favor.

–Hubiera jurado que hay química entre vosotros, lo que demuestra lo estúpido que soy.

–Nos llevamos bien –afirmó Caroline. Se lo había confesado todo a Alberto, incluso lo que sentía por su hijo, aunque le había hecho jurar que guardaría el secreto–. Solo que... que... Estoy segura de que seguiremos siendo amigos.

Giancarlo la miró con el ceño fruncido y ella se encogió. Así que ni siquiera mantendrían la amistad. De todos modos, no hubiera sido posible. No podía ser su amiga porque se harían mucho daño.

–Voy a entrar. Seguro que Tessa ya estará nerviosa. Cree que voy a apartarme del buen camino si no estoy acostado a las diez.

Alberto se dirigió al comedor, donde Tessa veía su serial televisivo preferido.

–¿Y bien? –Giancarlo salvó el espacio que los separaba y se situó frente a ella.

–Sé que te dije que no le contaría nada a Alberto, pero al llegar no pude contenerme, lo siento. Se lo ha tomado bien. Lo hemos infravalorado. Lo que no entiendo es por qué has vuelto.

–¿Estás decepcionada?

–No, solo sorprendida. Creí que tenías muchas cosas que hacer en Milán.

–Y, si no hubiera venido esta noche, ¿te habrías vuelto a Inglaterra sin decírmelo?

–No lo sé.

–Bueno, al menos eres más sincera que al asegurarme que no dirías nada a mi padre. Aquí no podemos hablar porque me parece que Alberto va a salir en cualquier momento para unirse a la conversación.

–¿De qué tenemos que hablar?

–Vamos a pasear por la playa, por favor.

–Preferiría no hacerlo. Ahora que tu padre no espera que nos casemos ni nada similar, debemos olvidar lo que ha habido entre nosotros y seguir adelante.

–¿Es eso lo que deseas? Si no recuerdo mal, me dijiste que, de no haber sido por Alberto, te hubieras planteado nuestra relación. Bueno, Alberto ya no cuenta.

–No es solo eso –murmuró ella–. Necesito más que una mera relación física, Giancarlo, y supongo que eso fue lo que finalmente tuve que reconocer cuando tu amiga se presentó en el piso. Ella es tu realidad, la vida que llevas. Yo he sido un desvío del camino. Cuando decidiste volver al lago Como a ver a tu padre, hiciste algo fuera de lo normal. Y yo me hallaba dentro de esa anormalidad. Nos lo hemos pasado bien, pero quiero ser algo más que un motivo de diversión.

–No me digas que no nos llevamos bien. No lo acepto.

–¿Porque no te imaginas que alguien te pueda rechazar? Te creo cuando dices que fuiste tú el que dejó a Lucia y, sin embargo, allí estaba: una mujer que podía tener a quien quisiera dispuesta a hacer lo que hiciera falta para recuperarte.

–Pues ahora han cambiado las tornas –afirmó él con voz ronca–. Ahora soy yo el que está dispuesto a hacer lo que sea para recuperarte.

Capítulo 10

LO DICES por decir –susurró ella con voz tensa– porque no soportas que alguien te abandone.

–Me da igual quién me abandone. Lo que no soporto es que ese alguien seas tú.

Caroline no quería hacerse ilusiones. Un movimiento en falso, y la esperanza comenzaría a adueñarse de ella como una mala hierba que acabaría por asfixiarle el sentido común y las nobles intenciones.

–Vamos a la playa para poder hablar en privado.

Ella pensó que eso era precisamente lo que no quería. Estar a solas con Giancarlo siempre había acabado siendo un desastre. Por otra parte, ¿a qué se refería él al decir que estaba dispuesto a hacer lo que fuera para recuperarla? ¿Acaso había oído mal?

–Muy bien –accedió ella–. Pero quiero acostarme pronto. Creo que lo mejor para todos es que mañana por la mañana Alberto y yo volvamos al lago, y luego ya veré cuándo regreso a Inglaterra –de pronto se quedó en blanco y sintió pánico.

–Llevo ya mucho tiempo en Italia –balbuceó–. Mi madre comienza a preguntarme cuándo voy a volver. Ha sido una gran experiencia para mí. Aunque todavía no hable italiano con mucha fluidez, me defiendo. Creo que me será más fácil encontrar un buen trabajo.

–No me interesa en absoluto tu currículum.

–Lo que quiero decir es que tengo un montón de planes para cuando vuelva y, como Alberto ya está mejor y nosotros nos hemos dejado de tonterías, no hay nada que me retenga aquí.

–¿Crees de verdad que lo que ha habido entre nosotros ha sido una tontería?

Caroline no respondió. Cuando Giancarlo, tras suspirar enfadado, echó a andar hacia la puerta lateral que daba a la playa, lo siguió. En su presencia, su temor al agua desaparecía, no temía que viniera una ola y se la llevara.

–Aquí cubre muy poco –afirmó él para tranquilizarla.

–No estoy asustada.

–¿Por qué ibas a estarlo? Estoy contigo.

Caroline, nerviosa, se pasó la lengua por los labios resecos.

El agua brillaba con el reflejo de la luna y las olas chocaban contra las rocas y se retiraban. Era un marco íntimo y romántico, pero ella estaba agitada y triste al pensar que su último recuerdo de Giancarlo sería aquel.

Giancarlo se quitó los zapatos y se dirigió a la orilla. Detrás de él, Caroline permaneció inmóvil. De hecho, apenas la oía respirar. ¿Qué era eso de que iba a volver al Reino Unido? La incertidumbre lo hizo vacilar.

Se dio la vuelta. Caroline estaba sentada en una

roca, abrazada a las rodillas, y miraba el mar. Él se acercó.

—No quiero que te vayas. He vuelto porque tenía que verte. No podía concentrarme, y eso no me había pasado nunca.

—Lo siento.

Él se sentó a su lado, en la arena.

—¿Eso es todo lo que tienes que decir, que lo sientes? ¿Y qué te parece que no quiera que te vayas?

—¿Por qué no quieres?

—¿No es evidente?

—Pues no —dejó de mirarlo y dirigió la vista al mar—. Todo esto es porque te atraigo. Supongo que no te esperabas que sucediera cuando viniste a ver a Alberto por primera vez. De hecho, creo que no esperabas que pasaran otras muchas cosas.

—Si con eso te refieres a que no esperaba reconciliarme con Alberto, tienes razón.

—Yo formo parte de una cadena de hechos inesperados.

—No sé de qué hablas.

—Ese es el problema, que no sabes de qué hablo.

—¿Por qué no me lo explicas?

¿Cómo expresar en palabras el profundo miedo que sentía a haber sido para él solo una novedad? La había elegido para pasar unas vacaciones románticas, pero sin pensar en algo permanente, sin hacer planes para el futuro.

—Tengo la sensación de que mi vida ha estado en suspenso y de que ha llegado el momento de seguir adelante —afirmó ella en voz baja—. No era mi intención quedarme tanto tiempo, pero Alberto y yo nos llevábamos tan bien que no quise dejarle solo hasta que se hubiera recuperado más.

—¿Y eso qué tiene que ver con nosotros?

—No quiero seguir aquí, viviendo con Alberto, a la espera de que algún fin de semana vengas a vernos hasta que te hartes de mí y vuelvas a la vida que siempre has llevado.

—¿Y si no deseo volver a esa vida?

—¿Qué quieres decir?

—Tal vez me haya dado cuenta de que la vida que he llevado no es tan buena como parece.

Caroline sonrió.

—Entonces ¿has decidido volver al lago y hacerte instructor de navegación?

—Nunca me tomas en serio.

Ella pensó que era todo lo contrario: lo tomaba muy en serio.

—Me prometiste que no le dirías nada a mi padre.

—No era mi intención, pero él estaba en la puerta cuando llegué. Supongo que, si hubiera tenido tiempo de ordenar mis ideas... No lo sé. Pero me abrió la puerta, lo miré y supe que no podía seguir engañándolo. De todos modos, ya no me importa.

—A mí sí me importa. He venido para convencerte de que no quiero que rompamos. Nos hacemos bien mutuamente.

Caroline entendió que se refería a que se hacían bien mutuamente en la cama. Lo miró con escepticismo.

—No me crees.

—Creo que te lo has pasado bien conmigo y que

quisieras continuar haciéndolo un poco más, pero es ridículo confundirlo con otra cosa.

–¿Con qué?

Caroline se ruborizó.

–Con un motivo para no romper –murmuró–. Con un motivo para convencerme de que me quede en Italia. Con un motivo para convencerme de que debo dejar mi vida en suspenso porque estamos bien en la cama.

–¿Y si quisiera que siguieras conmigo algo más que unas semanas, unos meses o unos años? ¿Y si te dijera que quiero que sigas conmigo para siempre?

Caroline se quedó tan sorprendida que contuvo la respiración y lo miró con los ojos como platos.

–No eres de los que se casan.

–Tienes la mala costumbre de citarme –afirmó él sonriendo compungido–. Y también la de ponerme nervioso.

–¿Te pongo nervioso? –preguntó ella aunque seguía pensando en que le había dicho que quería que siguiera con él para siempre. ¿A qué se refería? ¿Lo había entendido mal o era su forma, mediante circunloquios, de proponerle que se casaran? ¿Era eso lo que de verdad pretendía?

Desde un punto de vista lógico, Giancarlo no necesitaba continuar fingiendo para engañar a Alberto. Y a Giancarlo le encantaba la lógica, lo que implicaba...

Su cerebro se negó a seguir funcionando.

–Ahora mismo estoy nervioso.

–¿Por qué?

–Porque hay cosas que quiero decirte; no, que tengo que decirte. ¿Te he dicho que esa es otra de tus características molestas, que me haces decir cosas que nunca creí que diría?

–Abrirse es bueno.

–Me encanta tu sabiduría de andar por casa –alzó la mano para impedir que lo interrumpiera, aunque ella no tenía intención de hacerlo.

–Hasta que apareciste no me había dado cuenta de lo mucho que me influía el pasado. Recordaba mi infancia, pero a través de mi madre, y al cabo de un tiempo acabé por aceptar su amargura. Nuestra inseguridad económica era culpa de mi padre, y yo debía resolverla. Nunca sopesé los pros y los contras de que ella me obligara a llegar a la cima. Me parecía que era mi destino, y me gustaba. Se me daba bien ganar dinero y pasaba por alto la incapacidad de mi madre de controlar sus gastos. El hecho es que, en este proceso, me olvidé de disfrutar de las cosas pequeñas.

–¿Te estoy aburriendo?

–Nunca lo haces –murmuró ella para no estropear el extraño ambiente que se había creado entre ambos.

–Tú a mí tampoco –deseó con todas sus fuerzas acariciarla.

–Pero no has tenido una relación seria con nadie. ¿Nunca has querido hacerlo? –necesitaba desesperadamente que le respondiera. Aunque lo hubieran instigado a ser ambicioso y a ganar dinero, podía haber establecido una relación duradera con alguien en algún momento.

–Mi madre no fue un buen modelo para mí. La acepté y la quise, pero no deseaba tener a alguien como ella a mi lado, como pareja. Estaba seguro de que todas las mujeres eran como ella, hasta que te conocí.

–No sé si tomármelo como un cumplido –dijo ella sonriendo. Le pareció que volaba. ¡Era el mejor cumplido que le habían hecho en su vida! No creía poder compararse a las mujeres con las que él salía. Y, sin embargo, Giancarlo había profundizado para buscar su verdadera esencia. Se sintió llena de seguridad en sí misma.

–Todavía dudas de mí.

–Sí, pero ¿cómo no voy a hacerlo? Aunque llevo semanas conteniéndome para no decirte que estoy loca por ti.

Él sonrió y la tomó de la mano.

–Estás loca por mí –murmuró mientras ella se ruborizaba al tiempo que se sentía liberada de su secreto.

–Loca –reconoció ella con un suspiro, y cuando él la atrajo hacia sí se apoyó en su cuerpo con una sensación de absoluta felicidad–. Al principio me pareciste muy arrogante, pero después me hiciste reír y comencé a ver tu otra cara, compleja y fascinante.

–Me gusta eso. Continúa.

Ella lo miró y sonrió cuando él la besó suavemente al principio y luego con pasión. Se le aceleró la respiración y gimió cuando él le quitó la blusa y el sujetador y comenzó a chuparle los pezones con avidez.

Ella ya entendía el suficiente italiano como para

saber que lo que él le decía con voz ronca eran palabras eróticas, pero nada le resultó tan erótico como lo que él, temporalmente saciado, le dijo con ternura y mirándola con mucha seriedad:

–Te quiero. No sé cuándo empecé a quererte. Solo sé que en Milán no pude soportar no estar a tu lado. Las reuniones, las conferencias, los abogados... todo me parecía insignificante. Estaba destrozado por cómo habían acabado las cosas entre nosotros, así que me vine a toda prisa porque temía perderte.

Era conmovedor saber que aquel hombre fuerte, lleno de seguridad en sí mismo y autocontrol se había sentido inseguro.

–Te quiero mucho –susurró ella.

–¿Lo suficiente como para casarte conmigo? Si no es así, es que no es suficiente.

Epílogo

CAROLINE miró sonriendo a los invitados. No había muchos porque ni Giancarlo ni ella habían querido una gran boda, aunque Alberto hubiera deseado que fuera la boda del siglo.

Se casaron en la iglesia cercana a la casa de Alberto. Dos meses antes habían llegado los padres de ella.

Caroline nunca había sido tan feliz. Giancarlo comenzó a trabajar desde casa y montó su despacho en una de las habitaciones de la mansión, por lo que pudo dedicar mucho tiempo a su futura esposa.

Caroline dirigió la mirada al que ya era su esposo, que sonreía hablando con sus padres, a quienes les había resultado encantador desde el primer momento.

Ella se llevó la mano al vientre de modo inconsciente, y en ese momento sus miradas se cruzaron.

Y entonces él le sonrió solo a ella confinándola en el mundo secreto que los dos compartían.

Mientras los invitados se dirigían al comedor, Giancarlo se le acercó y la llevó al salón, que ya se hallaba vacío.

–¿Te he dicho cuánto te quiero? –le preguntó él con su rostro entre las manos.

–Sí, pero que no se nos olvide cuánto de todo esto se lo debemos a Alberto.

–¡El viejo zorro! –él sonrió–. Se diría que lo planeó todo. Sabía exactamente lo que hacía cuando aquel día decidió que teníamos que casarnos.

–Lo sé. Anteayer le oí decirle a Tessa que nunca hubiera consentido que nos separáramos a causa de nuestra obstinación. Antes hubiera llamado a una ambulancia y se hubiera metido en ella para que recuperáramos la cordura.

–Ahora tiene un hijo y una nuera, y le voy a dedicar un brindis cuando acabe el discurso que daré después de la cena. Se lo merece. Estás espectacular esta noche, ¿te lo he dicho ya?

–Sí, pero me encanta que me lo repitas.

–¿Te he dicho también que ahora mismo te deseo? –le llevó la mano hasta el pantalón para que comprobara la fuerza de su deseo–. Tengo que distraerme con tonterías para no pensar que llevo cuatro horas queriendo arrancarte ese vestido.

Ella se horrorizó ante la idea porque el vestido, a pesar de ser sencillo y elegante, había costado una fortuna. Pero al mismo tiempo se excitó.

–Pero supongo que tendré que esperar unas horas más.

Le acarició un seno y ella se sintió húmeda entre las piernas al tiempo que se le aceleraba el pulso.

La besó en la comisura de los labios y después le introdujo la lengua en la boca. Ella estuvo tentada de atraerlo hacia sí, pero sabía que no podía abandonar a sus invitados ni siquiera durante un rato.

Pero quería tenerlo para ella sola todavía unos segundos, para darle la noticia.

—Por si no lo sabes —afirmó él mientras se separaban—, mi padre ya ha empezado a decir que quiere nietos para jugar con ellos mientras le queden fuerzas.

—Pues ahora que lo dices... —ella no pudo reprimir la felicidad que sentía ni un instante más. Le dedicó una sonrisa radiante y le acarició la mejilla. Él puso la mano sobre la suya—. Ese frente ya está cubierto.

—¿Qué quieres decir?

—Que la regla se me ha retrasado una semana y no he podido esperar más, así que me he hecho una prueba de embarazo esta mañana. Vamos a tener un hijo. ¿Estás contento?

Era una pregunta tonta. El hombre que acostumbraba a eludir todo tipo de compromiso se había convertido en un compañero fiel y sería un devoto esposo y un padre dedicado.

La respuesta que vio en sus ojos le confirmó lo que pensaba.

—Cariño —dijo él con la voz entrecortada—, soy el hombre más feliz del mundo —le tomó las manos entre las suyas y se las besó con ternura—. Y mi misión es conseguir que nunca lo olvides.

Bianca.

**El dinero, el talento y la experiencia en la cama
no compensaban un corazón de hielo**

Fiestas salvajes, mujeres hermosas, interminables horas de trabajo… nada ayudaba al famoso arquitecto Lucas Jackson a escapar de su oscuro y triste pasado. Cuando llegó al castillo de su propiedad en medio de una tormenta de nieve, lo único que buscaba era el olvido…

Decidida a llevar personalmente unos documentos importantes a su jefe en medio de la tormenta, Emma Gray empezaba a lamentar la misión en la que se había embarcado. Nunca hubiera esperado que el lado oscuro del normalmente serio y reservado Lucas pudiese generar tan primitiva, poderosa e inapropiada reacción.

Una noche sin retorno

Sarah Morgan

Acepte 2 de nuestras mejores novelas de amor GRATIS

¡Y reciba un regalo sorpresa!

Oferta especial de tiempo limitado

Rellene el cupón y envíelo a

Harlequin Reader Service®
3010 Walden Ave.
P.O. Box 1867
Buffalo, N.Y. 14240-1867

¡Sí! Por favor, envíenme 2 novelas de amor de Harlequin (1 Bianca® y 1 Deseo®) gratis, más el regalo sorpresa. Luego remítanme 4 novelas nuevas todos los meses, las cuales recibiré mucho antes de que aparezcan en librerías, y factúrenme al bajo precio de $3,24 cada una, más $0,25 por envío e impuesto de ventas, si corresponde*. Este es el precio total, y es un ahorro de casi el 20% sobre el precio de portada. !Una oferta excelente! Entiendo que el hecho de aceptar estos libros y el regalo no me obliga en forma alguna a la compra de libros adicionales. Y también que puedo devolver cualquier envío y cancelar en cualquier momento. Aún si decido no comprar ningún otro libro de Harlequin, los 2 libros gratis y el regalo sorpresa son míos para siempre.

416 LBN DU7N

_____   _____
Nombre y apellido   (Por favor, letra de molde)

_____   _____
Dirección   Apartamento No.

_____   _____
Ciudad   Estado   Zona postal

Esta oferta se limita a un pedido por hogar y no está disponible para los subscriptores actuales de Deseo® y Bianca®.
*Los términos y precios quedan sujetos a cambios sin aviso previo.
Impuestos de ventas aplican en N.Y.

SPN-03   ©2003 Harlequin Enterprises Limited

Un cambio inesperado

ROBYN GRADY

Encontrarse un bebé abandonado en el asiento de un taxi no entraba en los planes de Zack Harrison. Afortunadamente, una hermosa desconocida, Trinity Matthews, acudió en su auxilio. Antes de que los servicios sociales pudieran hacerse cargo del bebé, una ventisca aisló al trío en la lujosa casa de Zack, en Colorado.
Trinity estaba decidida a resistirse a los intentos de seducción de Zack, pero su ternura y la preocupación que demostraba  por la niña quebraron su voluntad. Cuanto más nevaba en el exterior, más se caldeaba el ambiente en el interior. Pronto, Trinity se encontró en la cama de Zack, preguntándose si aquel arreglo temporal podría convertirse en permanente.

¿De quién sería el precioso bebé?

¡YA EN TU PUNTO DE VENTA!